양재천 기담

양재천 기담

남유하 소설집

소중한책

차례

살 7

품은만두 45

고강선사유적박물관 79

시어머니와의 티타임 113

기억의 커피 159

자판기와 철용 씨 201

내가 죽기 전날 217

사유지 255

작가의 말 292

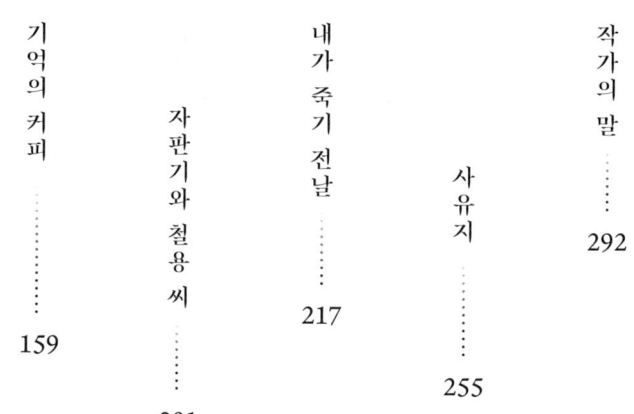

살

 마트에서 나오자 장마철 특유의 습한 공기가 피부에 닿았습니다. 짙은 보라색으로 물들어가는 하늘에는 회색 구름이 빠르게 지나가고 있었지요. 정류장에서 버스를 기다리는데 고양이 한 마리가 비칠거리며 나타났습니다. 성인 남자의 주먹만 한, 새끼 고양이였습니다. 아마도 정류장 뒤편의 야트막한 산에서 내려온 것 같았습니다. 어미를 잃어 배가 고팠는지 사람들을 경계하기는커녕 오히려 가까이 다가왔지요. 귀여워, 귀여워. 정류장에 있던 고등학생들이 높은 옥타브의 소리를 냈습니다. 고양이가 한 학생의 발치에 다가가자 옆에 있던 학생이 마시던 타로티를 뚜껑에 덜어 고양이 앞에 내려놓았습니다. 고양이는 타로티를 혓바닥으로 두어 번 핥더니 계속 먹을 힘도 없는 듯 자동차 안의 흔들 인형처럼 고개를 근뎅거리며 서 있었습니다.

죽이고 싶다.

그 순간 제 머리에 든 생각입니다. 벼락에 맞은 느낌이 이럴까요? 뭔가 번쩍하면서 회백질에 저 다섯 글자가 새겨지는 것 같았습니다. 그 글자들은 기생충처럼 구불거리며 변형되더니, 어느새 '죽여야 한다'로 바뀌었습니다. 제가 죽이지 않고 그대로 놓아두면, 고양이는 굶주림에 시달리다 결국 죽게 되겠지요. 고통스러운 시간을 연장하는 것뿐입니다. 혹시나 해서 학생들의 눈치를 살폈지만, 그 애들도 귀엽다고만 할 뿐 현실은 외면하고 있었습니다. 동물병원에 데리고 가자든가, 내가 돌봐줘야겠다는 얘기는 들리지 않았으니까요.

917번 버스가 왔고, 학생들은 고양이 따위 처음부터 없었던 것처럼 활기차게 떠들며 올라탔습니다. 정류장에 저와 새끼 고양이, 둘이 남게 된 것이지요. 저는 쪼그리고 앉아 장바구니를 옆에 놓고 고양이를 내려다봤습니다. 왜애옹, 고양이가 들릴 듯 말 듯한 소리로 울었습니다. 고양이에게 손을 뻗으려다 정류장의 전광판을 올려다봤습니다. 11-3번 4분. 4분이면 고양이의 숨통을 끊기에 충분한 시간이었습니다.

저는 고양이의 목덜미를 잡아 손바닥 위에 올려놨습니다. 얼마나 굶었는지, 솜뭉치를 올려놓은 듯 무게감이 거의 느껴지지 않았습니다. 또다시 연민에 가슴이 미어졌습니다. 한순간, 동물병원에 데려가 필요한 치료를 해주고 키울까도 고민해 봤습니다. 하지만 그건 공정하지 않은 일입니다. 한 사람이 기아에 허덕이는 아프리카의 모든 아이를 입양할 수 없는 것처럼, 제가 세상의 모든 불쌍한 고양이를 돌봐줄 수는 없는 노릇이니까요.

죽은 고양이를 정류장에서 몇 발자국 떨어진 풀숲에 버려두고 버스를 탔습니다. 흥분 때문인지 얼굴에 열이 나고, 머릿속에 있던 벌집이 터진 듯 윙윙거리는 소리가 들렸습니다. 버스 안에서 헛구역질을 하다가, 두 정거장째 내려 신물을 게워냈습니다. 마트에서 집까지 세 정거장만 가면 되는데 그새를 견딜 여력이 없었던 것이지요. 곧 장바구니를 두고 왔다는 걸 알았습니다. 하지만 장바구니 때문에 그곳에 돌아가고 싶지는 않았습니다. 저는 산에서 내려오던 고양이처럼, 비칠거리며 집까지 걸어갔습니다.

고양이를 죽였다. 불쌍해서 죽였다.

이런 말들을 실제로 웅얼거렸는지, 머릿속으로만 생각했는지 잘 모르겠습니다. 집에 빨리 가서 손을 씻어야겠다는 생각뿐이었습니다. 영화나 드라마에서 살인을 한 사람들이 왜 그렇게 손을 씻어대는지 알 것 같은 기분이었습니다. 연골처럼 약한 뼈가 비틀어지던 촉감, 손아귀 사이로 작은 짐승의 마지막 숨이 빠져나가던 느낌을 말끔히 씻어버리고 싶었으니까요. 파리처럼 손바닥을 비벼대며 집까지 걸어가는 동안 죽인 행위로 인한 흥분이 조금씩 가라앉았고, 어느 정도 이성을 찾게 되었습니다.

솔직히 말하면, 저는 오래전부터 '살(殺)'에 대한 환상을 품고 있었습니다. 늦은 오후, 홍차라도 마시며 한가한 시간을 보내다 보면 다른 생명을 죽이는 기분은 어떨까, 하는 망상에 종종 사로잡히곤 했습니다. 그런데 殺이라는 한자를 단독 명사로 쓸 때는 '풍수지리설에서 지형이나 방위로 길흉을 보았을 때 불길하거나 흉한 것'이라는 뜻을 갖고 있습니다. 우리가 흔히 살을 맞았다, 살이 끼었다, 할 때의 살은 한자가 다릅니다. 사람이나 생물을 해치는 독한 기운을 가리킬 때는, 煞이라는 낯선 한자를 쓰지요. 하지만 저는 살인, 살해의 살(殺)이라는 단 한 자보다 다른 생명을 죽이는 행위를 더 잘 표현할 수 있는 글자는 없다고 생각합니다.

　살에 대한 집착과는 달리, 제가 적극적으로 무언가를 죽인 적은 없었습니다. 물론 개미를 밟거나, 손뼉 치듯 하루살이를 때려잡거나, 학교에서 개구리 해부를 할 때 조장이 되겠다고 손을 번쩍 든 적은 있었지요. 그렇지만 일상생활에서 뜻하지 않게 살을 경험하는 일은 그다지 유쾌한 기억으로 남아있진 않습니다. 집 안에서 슬리퍼를 신고 바퀴벌레를 밟았을 때, 발바닥 아래에서 껍데기가 으스러지는 촉감이 며칠 씩이나 지속되는 것처럼요. 굴비구이나 삼계탕을 먹는 것도 별로 달갑지 않았습니다. 꽃게탕, 새우…. 살아있을 때의 모습을 그대로 간직한 음식들은 다 싫었어요. 심지어 멸치조차도요.

　반면에 양재천 산책로를 걷다가 풀숲에 죽어있는 새와 마주치면, 이상할 정도로 매혹되어 한참 동안 바라보고 있을 때가 많았습니다. 어렸을 때도 마찬가지여서 죽은 병아리를 보면 보리쌀 모양으로 감긴 푸르스름한 눈을 질리지 않고 보곤 했습니다. 살에 대한 제 태도에는 분명 모순된 점이 있습니다. 저는 살을 동경하는 동시에 두려워했던 걸까요?

　손을 씻고 나니, 기분이 조금 상쾌해졌습니다. 남아있는 물기를 닦지도 않고 탈탈 털면서 나와 거실 바닥에 그대로 드러누웠습니다. 바닥의 냉기가 등으로 스며들었고, 이성이 온전히 돌아오는 느낌이 들었습니다. 그제야 저는 장바구니를 찾아와야겠다고 생각했어요. 누군가 집어 갔을지도 모르지만, 죽은 고양이가 옆에 있을 테니 섣불리 가져가지 못했을 확률이 높았습니다. 사실 일요일에 집에만 있기도 답답해 기분 전환 겸 나갔다가 세일하는 핸드크림 따위를 산 거라 없어도 그만이긴 했습니다. 그런데도 한번 생각하기 시작하자 찾아오지 않으면 안 될 것 같았습니다. 범인이 범행 현장에 다시 간다는 말을 들을 때면 비웃곤 했는데, 인간의 심리란 별로 다르지 않고 저도 어쩔 수 없는 인간인가 봅니다.

저는 자전거를 타고 버스 정류장을 향해 달렸습니다. 가는 동안 고양이를 묻어주고 와야겠다는 기특한 생각도 했습니다. 그런데 고양이가 사라지고 없었습니다. 장바구니도 없었습니다. 혹시 장소를 착각했나 싶어 자전거를 세워두고 주변을 살펴봤습니다. 죽은 고양이도, 빨간 장바구니도 보이지 않았습니다. 장바구니야 누가 통째로 집어 갔다고 해도 죽은 고양이는 어디로 간 걸까요.

누군가가 내가 저지른 일을 알고 있는 것 같아 기분이 개운치 않았습니다. 하지만 어쩌겠어요. 집으로 다시 돌아오는 수밖에요.

아파트 단지 앞 모퉁이에서 커브를 트는데 검은 그림자가 휙, 골목을 가로질렀습니다. 깜짝 놀란 저는 그림자를 피하려다 넘어질 뻔했지만, 가까스로 중심을 잡았습니다. 그림자의 정체는 얼룩 고양이였습니다. 제가 죽인 새끼 고양이도 얼룩 고양이였지요. 이 놈은 새끼 고양이의 열 배는 되는 큰 놈이었습니다. 고양이는 도망가지도 않고 화단 옆에 앉아 저를 노려봤습니다. 타오르는 촛불처럼 노란 눈, '오페라의 유령'의 가면처럼 얼굴의 반을 덮은 검은 반점, 비쩍 마른 역삼각형의 머리를 마주 보고 있자니 새끼 고양이의 얼굴과 겹쳐 보여 소름이 돋았습니다.

집에 돌아온 저는 반바지와 티셔츠를 벗고 욕실로 들어갔습니다. 초여름이었지만 어쩐지 따뜻한 물로 샤워하고 싶은 기분이었습니다. 머리 위에 물이 쏟아지고 물줄기가 온몸을 타고 내려가는데, 저도 모르게 날카로운 소리를 질렀습니다. 종아리가 칼에 베인 듯 쓰라렸기 때문입니다. 얼른 내려다보자 종아리에 기다랗게 할퀴인 자국이 있었습니다. 어디에서도 할퀴인 기억이 없는데….

샤워를 마치고 나와 상처를 소독하고, 습윤밴드를 잘라 붙였습니다. 상처가 한 뼘도 넘는 길이라, 여러 개를 이어 붙여야 했습니다.

작은 얼룩 고양이를 죽였다. 작은 얼룩 고양이가 사라졌다. 큰 얼룩 고양이가 나타났다. 다리에 할퀴인 상처가 생겼다.

아무것도 걸치지 않은 채 침대에 누워있으려니 오늘 밤 일어난 일들이 어설프게 편집된 동영상처럼 맥락 없이 나타났다 사라지기를 반복했습니다. 저는 좀 더 능숙한 편집자처럼 이야기를 만들어 나갔습니다.

단지에서 만난 큰 고양이는 내가 죽인 고양이의 어미다. 먹이를 찾으러 갔던 어미가 돌아와 보니 새끼가 죽어있었다. 어미는 새끼 고양이를 고양이 무덤에 데려갔다. 그리고 죽은 새끼의 복수를 위해 나를 찾아왔다. 고양이의 저주로 내 다리에 할퀴인 상처가….

여기까지 생각하던 저는 기분이 나빠져, 이야기

만들기를 그만뒀습니다. 고양이의 저주라니, 나도 모르는 사이 어디서 긁힌 거겠지. 난 간혹 지나친 상상을 하는 경향이 있다니까.

그저 고양이를 죽였을 뿐이야.

저는 조금 웃다 잠이 들었습니다.

다음 날 아침, 무거운 머리로 일어나 화장실에 갔습니다. 평소처럼 아무 생각 없이 세수를 하는데, 산을 끼얹은 듯 오른 손등이 화끈하고 쓰라렸습니다. 물 묻은 눈을 깜빡이며 손등을 보니 엑스 자 모양의 상처가 나있었습니다. 보자마자 殺이란 글자의 삐침 획이 생각났지만 애써 무시했습니다. 왼손으로 대충 씻고 나와, 손등에도 습윤밴드를 붙였습니다. 잠결에 팔을 휘두르다가 긁혔다고 하기에는 너무 선명하고 깊은 상처였습니다. 제 침대 주변에는 이런 상처를 낼만한 물건도 없고, 이렇게 심하게 다쳤는데 모르고 잤다는 것도 어이없는 일이었습니다.

논리적으로 설명할 수 없는, 난데없이 생긴 상처

들.

생각난 김에 종아리의 상처를 보니 밴드가 허옇게 부풀어 올랐고, 안에는 피와 진물이 차있었습니다. 새로 붙일까 하다가 낫는 과정이겠거니 생각하고 그냥 붙여뒀습니다. 어쨌든 출근을 해야 하는데, 상처만 마냥 들여다보고 있을 수는 없었으니까요.

옷장 앞에서 티셔츠와 반바지를 벗다가 흠칫 놀랐습니다. 분명 아무것도 입지 않고 잠들었는데 언제 옷을 입은 걸까요? 손등의 상처처럼 전혀 기억이 나지 않았습니다.

엘리베이터에서 내려 경비실을 지나오면서부터 사방을 두리번거렸습니다. 혹시나 어제의 얼룩 고양이를 또 보게 될까 두려워서였습니다. 하지만 어디에도 고양이는 보이지 않았습니다. 만약 저주가 내렸다면 고양이가 제 뒤를 그림자처럼 졸졸 따라다녀야 할 텐데, 역시 제 망상에 지나지 않았던 것입니다. 후후, 웃으며 상가 건물을 지나는데 입구로 들어가는 문턱에 고양이 한 마리가 죽어있었습니다. 어제의 얼룩 고양이라는 걸, 단번에 알아볼 수 있었습니다. 피를 흘리거나 구토의 흔적이 없는 걸 보면 차에 치이거나 쥐약 먹은 쥐를 잡아먹은 건 아닌 것 같았습니다. 다만 목이 기묘한 각도로 뒤틀려 있었습니다. 어젯밤, 제가 죽인 새끼 고양이처럼.

누가 그런 짓을 했을까요? 저는 손등의 상처를 내려다봤습니다. 설마 제게 몽유병이 있어서 이른 새벽 옷을 입고 집에서 나와 저 고양이를 죽인 걸까요? 교복을 입은 학생들이 죽은 고양이를 보고 소리를 지르며 달아났습니다. 내 손으로 고양이를 치워야 하나 머뭇거리다가 괜한 오지랖이다 싶어 지하철역을 향해 걸음을 옮겼습니다. 부동산 아주머니나 슈퍼 아저씨, 아니면 먼저 발견한 상가 사람이 치우겠거니 하고 말이지요.

지하철 개찰구를 통과하다가 그만 웃음을 터트렸습니다. 몽유병이라니, 고양이의 저주만큼이나 황당한 생각이잖아요? 그렇습니다. 제가 새끼 고양이 한 마리 죽인다고 해서 세상이 무너지지는 않는 것입니다.

지하철을 타고 있는 내내 종아리가 화끈거렸습니다. 손등에 난 상처 속으로는 까칠까칠한 발이 무수히 달린 벌레가 파고들어 가는 느낌이었습니다. 연차를 내야 했나, 오후에 피부과라도 가야 하나, 어수선한 마음으로 지하철 손잡이에 매달려 갔습니다.

"회의합시다."

사무실에 도착, 노트북을 켜기도 전에 임 부장이 말했습니다. 월요일 아침이라 주간회의를 하는 것입니다. 임 부장, 박 과장, 저, 우리 팀의 세 사람이 회의실로 들어갔습니다. 30분쯤 지났을까. 자꾸만 오한이 들어 몸이 떨렸습니다. 회의 안건에는 통 집중이 되지 않고, 임 부장은 아까부터 똑같은 얘기를 다른 형식으로 몇 번이나 반복했습니다. 그런데 임 부장의 얼굴에 이상한 그늘이 보였습니다. 오페라의 유령 같은, 가면 아니 반점이었습니다. 순간 임 부장의 얼굴이 고양이처럼 일그러졌습니다. 초록빛이 감도는 노란 눈동자,

세로로 찢어진 검은 동공…. 끄응이던가 흐음이던가 저도 모르게 신음을 내뱉고 말았습니다.

"설 대리, 왜 그래? 뭐 할 말 있어?"

코앞으로 얼굴을 들이미는 임 부장은 평상시의 모습으로 돌아와 있었습니다. 개기름은 흐를지언정 반점은 없는 멀끔한 얼굴 말입니다.

"아, 아뇨."

저는 손으로 제 이마를 짚어봤습니다. 미지근한 열감이 느껴졌습니다. 몸 상태가 안 좋아 잘못 본 거라 생각하며 회의에 집중하는 척했습니다.

"…이걸로 마치겠다. 이번 한 주도 힘내자고."

임 부장의 말에 펼쳐놓았던 다이어리를 황급히 덮었습니다. 거기에는 제가 무의식적으로 써놓은 '殺'이라는 글자가 가득했습니다.

"잘해."

회의실을 나오는데 임 부장이 제 팔뚝을 툭 쳤습니다. 네에, 건성으로 대답하며 지나치는데 뒤통수에 한마디가 더 날아와 꽂혔습니다.

"설 대리, 오늘도 지각했지? 인사고과에 신경 좀 쓰라고."

지각이라고 해봐야, 겨우 2분이었습니다. 하지만 그것도 지각은 지각인지라 저는 고개를 푹 숙이고 자리로 돌아갔습니다.

"거참, 그만 좀 하지."

옆자리 박 과장이 불쾌한 표정을 감추지 않고 제 다리를 봤습니다. 저는 달달 떨던 다리를 얼른 멈췄습니다만 머릿속에서는 자잘한 진동이 멈추지 않았습니다. 임 부장 얼굴에 나타났던 반점과 고양이처럼 빛나던 눈…. 뭔가 안 좋은 일이 벌어지고 있다는 느낌을 지울 수가 없었습니다. 고양이를 죽일 때의 흥분과 쾌감은 지금의 불안에 비하면 너무나 미미한 것이었습니다. 도저히 진정이 되지 않아 탕비실로 들어갔습니다. 텀블러에 원두커피를 따르고, 창밖을 내다보며 마음을 가라앉히려 서성대는데 인턴사원이 들어왔습니다. 목에 매단 임시 출입증에는 고준호라는 이름이 붙어있었습니다.

"설 대리님, 안녕하세요."

"네, 안녕하세요."

인턴은 녹차나 인스턴트커피를 마시려는 듯 머그잔 가득 뜨거운 물을 받았습니다. 탕비실은 폭이 좁아 두 사람이 나란히 서있기엔 무리였으므로 먼저 나가려면 인턴과 어색한 장면을 연출해야 합니다. 급한 일이 없던 저는 한 발 뒤로 물러나 인턴이 나가기를 기다렸습니다.

"먼저 나가셔도 되는데."

인턴이 저를 보고 상냥하게 웃는데, 얼굴에 검은 반점이 보이지 뭡니까. 그리고 아주 짧은 순간, 모든 일이 일어났습니다. 인턴이 왜애웅, 고양이 울음소리를 냈고 제 가슴을 향해 뜨거운 물을 던지듯 뿌렸습니다.

"준호 씨, 이게 무슨 짓이야!"

저는 인턴에게 소리쳤습니다. 화상을 입었는지 가슴이 화끈거렸지만, 속으로는 더할 수 없는 한기가 느껴졌습니다.

"네? 대리님, 제가 무슨 짓을 했다고 그러세요."

상쾌한 웃음을 짓던 인턴은 비어있는 머그잔을 보더니 고개를 갸웃하고 다시 물을 받았습니다. 저는 그를 밀치고 탕비실에서 나와 화장실로 갔습니다. 목 부분이 브이 자 모양으로 파인 블라우스 사이로 드러난 피부가 시뻘겋게 달아올라 있었습니다. 여러 장 겹친 종이 타월에 찬물을 축여 화장실로 들어갔습니다. 그리고 변기 위에 앉아 종이 타월을 가슴에 대고 살짝 눌렀습니다. 시원했던 종이 타월은 금세 미지근해졌지만 다시 찬물을 축이러 나가지는 않았습니다. 대신 진물이 새어 나와 갈색 얼룩이 진 바짓단을 말아 올렸습니다. 종아리에 달라붙었던 바지가 끈적한 느낌을 남기며 떨어졌습니다. 습윤밴드는 허옇게 붇고, 주변에는 온통 진물과 피딱지가 붙어있었습니다. 목구멍에서 올라오는 입김이 뜨거웠습니다. 입안이 바싹 마르고 연필심을 씹는 것처럼 입맛이 썼습니다. 혹시 나쁜 균에 감염된 게 아닐까요? 준호 씨는 왜 저한테 뜨거운 물을 끼얹은 걸까요? 그 고양이 소리는 또 뭐고요. 고양이를 죽인 게 이 모든 기묘한 일들의 시작일까요?

어쩌면 새끼 고양이 한 마리를 죽인 일로 세상이 무너질 수도 있겠다는 생각이 들었습니다. 고양이의 저주 때문이 아니라, 제 나약한 심성 때문에 말이지요. 고작 고양이 한 마리에 이렇게 전전긍긍하다니 스스로에게 약간 실망했습니다. 밴드를 뜯어버리고, 고름같이 맺힌 진물을 종이 타월로 닦아냈습니다.

별거 아니야. 다 괜찮아질 거야.

괜찮다, 괜찮다, 저는 주문을 외우듯 되뇌었습니다.

여섯시가 되자마자 회사에서 나왔습니다. 병원이고 뭐고 집에 빨리 가서 눕고 싶은 마음뿐이었습니다. 아파트 단지에 들어서고, 상가 건물이 가까워지자 심장이 두근거렸습니다. 괜찮다는 주문도 더 이상 먹히지 않았습니다. 혹시라도 죽은 고양이가 여태 그 자리에 누워있지 않을까. 어쩐지 그럴 것 같은 예감이 들었습니다. 쿵쾅쿵쾅, 심장이 금방이라도 찢어져 나갈 것처럼 요동쳤습니다. 다른 길로 갈까. 머리로는 그렇게 생각하면서도 누군가 내 허리에 줄을 매달아 끌어당기는 기분으로 상가 건물 입구에 다가갔습니다. 고양이는 사라지고 없었습니다. 저는 고양이가 정말로 사라졌다는 사실을 확인하기 위해 건물 주위를 한 바퀴 돌았습니다. 어디에도 고양이의 사체가 없다는 걸 확인하자 굳었던 어깨가 스르르 풀어졌습니다. 몸살이 들기 시작할 때처럼 몸이 나른하고 무거워져, 집으로 향하는 발걸음을 재촉했습니다.

엘리베이터에 올라 습관적으로 14층을 누르고 닫힘 버튼에 손을 올리는데, "잠깐만요!" 하는 여자의 다급한 외침이 들렸습니다. 평소 같으면 당연히 열림 버튼을 누르고 기다렸겠지만, 마음의 여유가 없는 탓인지 굳이 모르는 사람과 좁은 엘리베이터에 함께 타고 싶지 않아 닫힘 버튼을 꾹 눌렀습니다. 그런데 엘리베이터 문이 고장 났는지 닫히려다 다시 열리는 게 아니겠습니까. 딱, 딱, 딱, 딱, 여자의 구두 굽 소리가 빨라졌고, 저는 조바심에 닫힘 버튼을 계속 눌러댔습니다.

엘리베이터 문이 느리게 닫히는 순간, 여자가 문 사이로 머리를 집어넣었습니다. 저는 얼른 열림 버튼을 눌렀습니다. 그러나 엘리베이터 문은 열리지 않았고, 여자의 목은 문에 꽉 끼어버렸습니다. 손을 넣어 억지로 열어보려 했지만 틈새가 너무 좁아 힘이 들어가지 않았지요. 그으윽, 목이 낀 여자는 성대가 눌린 듯 살려달라는 말 대신 좀비 같은 신음을 흘렸습니다.

"도와줘요, 밖에 누구 없어요?"

열린 문틈으로 소리쳤지만 내 목소리만 메아리쳤습니다. 문틈은 점점 더 좁아졌습니다. 여자의 얼굴이 시뻘게지고, 충혈된 눈이 불거졌습니다. 엘리베이터가 올라가기 시작했습니다. 여자의 목이 끼인 채로. 비상정지 버튼을 눌러도 소용없었습니다. 저와 눈높이가 같았던 여자의 얼굴이 빠른 속도로 발치를 향해 내려갔습니다. 저는 발을 구르며 허둥댔지만, 엘리베이터만 흔들릴 뿐 제가 할 수 있는 일은 없었습니다.

그으이이익!

엘리베이터의 숫자가 2로 바뀌는 순간, 뭔가 걸린 듯한 느낌이 들었습니다. 여자의 신음 혹은 비명이 더 커지다가 갑작스럽게 끊기고, 여자의 머리가 엘리베이터 안으로 툭, 굴러 들어왔습니다. 잘린 머리라니, 심장이 미친 듯이 뛰었습니다. 저와 머리를 실은 엘리베이터는 아무 일도 없었다는 듯 14층에 도착했습니다. 저는 내리는 것도 잊은 채 쪼그리고 앉아 여자의 얼굴을 들여다봤습니다. 부채꼴 모양으로 펼쳐진 머리카락, 원통하다는 듯 부릅뜬 눈, 잇몸이 보일 정도로 말려 올라간 입술, 굴비처럼 벌어진 입 사이로 튀어나온 혀. 생이 빠져나간 인간의 얼굴은, 등줄기를 근질거리게 하는 무언가가 있었습니다. 저는 고개를 틀어 잘린 단면을 보았습니다. 목뼈, 근육, 피부 아래 얇게 붙은 연노랑 지방층, 그리고 안에서 배어나 바닥에 고이는 붉은 피까지…. 저는 그 기괴한 아름다움에 매혹되어 숨도 쉬지 못할 정도였습니다. 또다시 머릿속에 수천 마리의 벌이 날아와 윙윙거렸습니다. 간신히 숨을 가다듬고, 토할 것 같은 기분을 가라앉히며 1층을 눌렀습니다.

좁은 엘리베이터 안에서 잘린 머리와 함께 14층부터 1층까지 내려간 것이지요. 1층에는 머리가 없는 여자의 몸이 있을 텐데, 그 몸을 보면 또 어떤 기분이 들지 상상도 할 수 없었습니다. 그러나 엘리베이터 문이 열렸을 때, 거기에 있어야 할 여자의 몸은 보이지 않았습니다. 제가 여자의 머리를 들여다보는 동안, 계단을 올라오는 목 없는 몸의 이미지가 떠올라 소름이 돋았습니다. 하지만 그런 일은 「슬리피 할로우」에서나 일어나겠지요. 머리가 없는 몸이 사라졌다면 누군가가 치운 것입니다.

저는 몸의 중심을 잡으려 애쓰며 경비실로 갔습니다. 경비 아저씨는 태연한 얼굴로 택배 상자를 정리하고 있었습니다.

"혹시, 여기 있던… 사람…. 아저씨가 치우셨어요?"

"뭐? 뭘 치워요?"

"엘리베이터 사고요. 저 안에… 머리가 있는데…."

경비 아저씨는 못마땅한 표정을 지으며 엘리베이터로 향했습니다. 저는 그제야 신고를 해야 한다는 데 생각이 미쳤고, 경비실 앞 계단에 주저앉아 119를 눌렀습니다.

여기, 사람이 죽었어요. 엘리베이터 사고로 목이 잘렸습니다.

대충 이런 내용의 통화를 하고, 두 손으로 얼굴을 감쌌습니다. 잘린 머리의 잔상 때문에 현기증이 나서 정상적인 사고는 불가능했던 것 같습니다. 그렇지만 그 와중에도 엘리베이터 안을 확인하러 간 경비 아저씨가 지나치게 조용하다는 생각이 들었고, 벌떡 일어나 뒤를 돌아봤을 때 경비 아저씨는 경비실 앞에 제법 커다란 택배 상자를 내려놓고 있었습니다.

"아저씨, 머, 머리는요?"

"사고니, 머리니, 도대체 뭔 소린지 모르겠네."

경비 아저씨가 혼잣말처럼 중얼거렸습니다. 저야

말로 영문을 알 수 없어 경비 아저씨를 끌고 엘리베이터로 같이 가려는데, 사이렌 소리가 가까워지더니 구급차와 경찰차가 도착했습니다. 차에서 내리는 경찰에게 다가가 신고자임을 밝히고 사고 경위를 설명했습니다.

"일단 봅시다."

구조대원과 경찰이 내게 물러나라는 손짓을 하며 엘리베이터로 갔습니다. 저도 그들과 일정한 간격을 유지하며 뒤따라갔습니다. 엘리베이터 안은, 머리는커녕 머리카락 한 올도 없이 말끔했습니다. 경찰과 구조대원의 얼굴이 일그러졌습니다. 누군가 작게 욕을 내뱉는 소리도 들렸습니다.

"멀쩡한 분이 장난 전화를 하시면 어떡합니까? 이렇게 거짓 신고하시면 과태료를 부과할 수도 있어요."

경찰이 제게 화를 냈습니다. 구조대원은 그새 차를 돌려 아파트 단지를 빠져나갔고요. 저는 변명을 해 보려 했지만, 누가 봐도 장난 전화라고 생각할 수밖에 없는 상황이었습니다.

"피곤해서 헛것을 봤나 봐요. 죄송합니다."

저는 몇 번이나 잘못했다고 사과하고, 급기야 병원에 가보라는 말까지 들어야 했습니다.

진이 다 빠진 상태로 엘리베이터에 타는데 왜애옹, 고양이 울음소리가 들렸습니다. 어디 고양이가 있나 싶어 뒤를 돌아보니 경비 아저씨가 서있었습니다. 모자를 벗어 들고 있는 경비 아저씨의 한쪽 얼굴에는 오페라의 유령처럼 반점이 나타나 있었습니다.

왜애옹.

경비 아저씨가 고개를 쳐들며 고양이 소리를 냈습니다. 흡, 저는 숨을 들이켰습니다. 경비 아저씨는 아무 일도 없었다는 듯 모자를 눌러쓰고 경비실 안으로 들어갔습니다.

그 순간 확신했습니다. 저는 헛것을 보지 않았습니다. 회의실에서, 탕비실에서, 그리고 엘리베이터에서 일어난 일들은 제가 심약한 탓이 아닙니다.

세상이, 무너지고 있습니다.

늘어진 엿가락처럼 휘어지고 비틀어져 저를 땅속으로 끌고 들어가려 하는 것입니다. 아, 집에 가야겠습니다. 어깨를 떨며 엘리베이터에 탔습니다. 엘리베이터의 거울 속에서 몰골이 말이 아닌 여자가 벌건 얼굴로 저를 마주 보고 있었습니다. 손으로 이마를 짚어보니 깜짝 놀랄 정도로 뜨거웠습니다. 적어도 38도는 될 것 같았습니다. 어지러웠습니다.

현관을 열고 들어오는데 뭔가 이상했습니다. 분명 내 집인데, 내 집이 아닌 것 같은 느낌. 다름 아닌 공기 때문이었습니다. 비릿하고 음침한 공기, 직감적으로 죽음의 냄새라는 걸 알아차렸습니다. 신경을 곤두세우고 방으로 들어가 불을 켰습니다. 침대 한가운데 고양이가 죽어있었습니다. 상가 앞에 있던 얼룩 고양이였습니다.

누가 이따위 짓을.

몸이 덜덜 떨렸는데 공포 때문인지 분노 때문인지 알 수 없었습니다. 그렇게 떨고 있는데 화장대 거울에 새빨간 립스틱으로 휘갈겨놓은 글씨가 눈에 들어왔습니다.

殺

 누군가 내가 한 일을 알고 있습니다. 아니, 저 글자를 써놓았다는 것은 나에 대해서도 상당히 잘 알고 있다는 의미입니다. 하지만 저는 살에 대한 욕구를 누구에게도 털어놓은 적이 없습니다. 일기장 같은 데다 적어놓은 적도 없습니다. 일기 같은 건 쓰지도 않으니까요. 내 머릿속을 들여다보지 않는 이상 저 글자를 쓰는 건 불가능한 일입니다.

 왜애옹.

 그때였습니다. 가느다란 고양이 울음소리가 들렸습니다. 반사적으로 침대를 봤습니다. 설마 저놈이 아직 살아있는 걸까요? 적어도 10초 동안 숨도 쉬지 않고 침대 위의 고양이를 노려봤습니다. 고양이는 미동도 하지 않았습니다. 무엇보다 목이 저런 각도로 뒤틀어진 채 살 수 있는 생물은 없습니다. 목숨이 아홉 개인 고양이라고 하더라도 말이지요. 애당초 고대이집트에서 전해진 미신일 뿐, 고양이 목숨이 아홉 개라니

얼토당토않은 말이잖아요. 그렇지만, 고양이에게 영혼이 있다면요? 조금 전 제가 들은 게 환청이 아니라 제 주변을 맴돌고 있는 고양이 영혼의 비웃음이라면요? 고양이의 영혼이 세상을, 다름 아닌 저의 세상을 파괴하려 하고 있었습니다. 하찮은 미물 주제에, 감히 내게 도전하다니.

저는 주방으로 가서 싱크대 서랍을 열고 쓰레기봉투를 꺼냈습니다. 면장갑을 낀 다음 그 위에 일회용 비닐장갑을 덧씌웠습니다. 다시 방으로 들어와 침대맡에 섰지만, 선뜻 손이 나가지는 않았습니다. 그렇다고 저 더러운 것을 그냥 둘 수도 없는 일. 저는 비틀어진 고양이의 목덜미를 움켜쥐었습니다. 죽은 고양이는 예상했던 것보다 훨씬 무거웠고, 뻣뻣하게 굳은 상태라 봉투 안에도 생각처럼 쑥 들어가지는 않았습니다. 힘을 주어 억지로 밀어 넣었더니 뼈가 부러지는 듯 기분 나쁜 소리가 들렸습니다. 봉투의 입구를 움켜쥐고 최대한 몸에 닿지 않게 팔을 뻗은 채 현관으로 나가 엘리베이터를 탔습니다. 다행히 엘리베이터는

14층에 머물러 있더군요.

경비 아저씨는 태평한 얼굴로 동영상을 보며 컵라면을 먹고 있었습니다. 그 모습을 보자 분노가 더욱 솟구쳤습니다. 저는 경비실 창문을 열고, 책상 위로 쓰레기봉투를 밀어 넣었습니다.
"이게 뭐요?"
아저씨가 눈을 둥그렇게 뜨고 물었습니다.
"보세요. 아저씨가 더 잘 아시겠죠."
아저씨는 기분 나쁘다는 얼굴로 봉투 안을 들여다보다 쿨럭, 하며 입에 있던 면발을 뱉어냈습니다.
"이 아가씨가 진짜 정신이 어떻게 된 거 아냐? 죽은 고양이를 왜 나한테 가져와?"
아저씨가 말할 때마다 입안에서 잘게 잘린 라면 가닥이 튀어나왔습니다. 얼굴에 반점은 보이지 않았습니다. 반점이 생겼을 때 제게 뜨거운 물을 끼얹고는, 반점이 사라졌을 때 무슨 영문인지 몰라 했던 인턴사원의 얼굴이 떠올랐습니다. 젠장, 재빠른 녀석이 그사이 다른 데로 빠져나간 겁니다. 아직 우리 집에 머물러 있을지도 모릅니다. 괜히 아저씨를 다그치다가 경찰에 신고라도 하면 이번에는 병원에 가보라는 말로 끝나진 않을 것입니다.

"죄송해요, 착각했어요."

저는 대충 변명을 하고, 쓰레기봉투의 입구를 모가지처럼 비틀어 쓰레기 수거함에 던져버리고, 다시 14층으로 올라왔습니다.

소파에 앉아 무릎을 끌어안고 눈알만 좌우로 돌리며 거실을 훑어봤습니다. 이 요망한 고양이의 영혼이 어디에 숨어있을까. 고양이 사체를 치웠는데도 집 안에서는 쿰쿰하고 비릿한 냄새가 풍겼습니다. 저는 벌떡 일어나 침실로 갔습니다. 물티슈를 뽑아 거울에 써진 붉은 글자를 지우고, 화장대에서 잘 쓰지 않는 향수를 꺼내 방 안에 마구 뿌렸습니다. 처음에는 임 부장, 다음은 인턴, 그리고 경비 아저씨까지. 그 녀석은 제 주변 사람들에게 빙의해 저를 괴롭히려는 수작을 부리는 걸까요? 그렇다면 엘리베이터에서 죽은 여자는 어떻게 설명해야 할까요?

그때 무심코 지나친 장면이 눈앞을 스쳤습니다. 경비실 바닥의 피. 화장실 문틈 아래서 새어 나와 경비 아저씨의 발치로 흐르던 한 줄기 검붉은 액체의 의미를 조금 전의 저는 미처 알아차리지 못했습니다.

죽은 여자의 수수께끼가 풀리기 시작했습니다. 제가 엘리베이터를 타고 올라가는 사이 경비 아저씨가 여자의 몸을 치웠고, 다시 1층으로 내려온 제가 119에 신고하고 계단에 앉아있는 동안 머리를 치웠다면, 그리고 그 몸과 머리를 경비실 화장실에 두었다면! 엘리베이터 바닥의 피를 짧은 시간 내에 어떻게 말끔히 닦아냈는지는 모르지만, 고양이 영혼이 씐 초인이라면 가능할 수도 있지 않을까요? 어쩌면 묘귀(猫鬼)는 저한테 엘리베이터의 여자처럼 죽을 수도 있다는 경고를 보내려 했는지도 모릅니다. 그런 줄도 모르고 여자의 잘린 머리에 홀리다니.

저는 주방에서 끝이 뾰족한 칼을 빼 들고, 엘리베이터를 타러 나왔습니다. 엘리베이터는 1층에 있었습니다. 내려가는 버튼을 눌렀지만, 어쩐 일인지 올라오지 않았습니다. 급한 마음에 계단으로 내려갔습니다. 13층에 가서 탈 생각이었는데, 홀수 층 엘리베이터도 1층에서 꼼짝하지 않았습니다. 어쩔 수 없이 계단을 뛰어 내려가기 시작했습니다. 왜애옹, 왜애옹, 계단참을 지날 때마다 창밖에서 고양이들이 합창이라도 하는 듯 시끄러운 울음소리가 들렸습니다. 타다다닥, 계단을 내려가는 발소리, 쉐엑쉐엑, 폐에서 나는 쇳소리가 고양이 울음과 어지러이 뒤섞여 멀미가 날 지경이었습니다.

    2층에 왔을 때, 거의 다 왔다고 방심한 탓인지 계단을 헛디디고 말았습니다. 여덟 개의 계단을 날 듯이 떨어져 바닥에 처박혔습니다. 가장 먼저 바닥에 닿은 왼쪽 팔에서 꾸지직, 하는 소리가 났습니다. 동시에 팔에 불이 붙는 느낌이 들었지요. 바닥에 쓰러진 채로 간신히 몸을 돌렸습니다. 허연 뼈가 살을 찢고 나와있었습니다. 허연 뼈를 감싸듯 타고 흐르는 진홍색 피…. 저는 고개를 돌렸습니다. 엄살을 떨고 있을 시간이 없었습니다. 그나마 왼팔이 부러진 게 다행이라고 생각해야지요. 기이한 각도로 틀어진 왼팔을 매달고 계단을 마저 내려갔습니다. 그리고 경비실 문을 벌컥 열었습니다.

"이 사람이 아까부터 보자 보자 하니 진짜!"

경비 아저씨가 책상 위의 핸드폰을 집어 들었습니다. 얼굴에 반점은 없었고, 신고를 하려는 듯 손가락이 떨리고 있었습니다. 저는 아저씨의 배를 발로 힘껏 찼습니다. 그가 핸드폰을 떨어뜨렸고, 저는 그 순간을 놓치지 않고 핸드폰을 밟아버렸습니다. 아저씨의 손이 인터폰으로 향했습니다. 관리사무실에라도 연락하려는 것 같아, 허리춤에 차고 있던 칼을 아저씨의 목에 들이댔습니다.

"꼼짝 마."

머릿속으로만 상상하던 일이 실제로 일어나다니, 실감이 나지 않았습니다. 마치 내가 만든 상상의 세계에 들어가 있는 것 같았습니다. 아드레날린이 온몸의 핏줄을 내달리기 시작했습니다. 사람을 죽이는 건 분명 고양이를 죽이는 일과는 다릅니다. 경비 아저씨를 죽이게 되더라도 화장실 안의 시체를 보여주면 정당방위를 주장할 수 있을 것입니다.

왜애애애웅!

아저씨가 손톱으로 제 목덜미를 할퀴며 날카롭게 울었습니다. 얼굴에는 예의 오페라의 유령 반점이 나타나 있었지요. 오냐, 잘 왔다. 저는 경비 아저씨의 목을 칼로 단번에 그었습니다. 쉭, 하는 소리가 나며 피가 솟구쳐 제 얼굴에 뿌려졌습니다.

"으윽, 이 미친…."

아저씨가 눈을 부릅뜨고 바닥에서 몸부림쳤습니다. 죽어가는 사람을 보는 제 입꼬리가 슬쩍 말려 올라가는 걸 느꼈습니다. 하지만 살에 대한 기쁨도 잠시, 또다시 울음소리가 들렸습니다. 왜애웅, 왜애웅. 화장실 안에서 나는 소리였습니다. 설마, 화장실 안에 사체 말고 누군가 있었던 걸까요. 고양이의 망령이 그 사람에게 옮겨갔다면, 경비 아저씨를 죽인 건 헛일이 됩니다. 온몸의 피가 차갑게 식었습니다. 경비 아저씨야 불시에 공격해 제압할 수 있었지만, 지금의 몸 상태로 정상적인 사람과 싸우기란 불가능합니다. 저는 칼에 묻은 피를 블라우스에 닦아내고 방어적인 자세로 화장실 문을 발로 차 열었습니다.

왜애옹.

변기 뚜껑 위에 여자의 머리가 올려져 있었습니다. 엘리베이터에서 죽은 여자였습니다. 여자의 얼굴에는 어김없이 반점이 오페라의 유령 가면처럼 들러붙어 있었고, 여자의 목 없는 몸은 탈진한 사람처럼 화장실 벽에 기대앉아 있었지요. 흥, 이 정도쯤이야, 코웃음을 치며 머리를 발로 찼습니다. 둔탁한 소리를 내며 타일 바닥으로 머리가 굴러떨어졌고 저는 머리를 미친 듯이 밟고 또 밟았습니다.

살(殺). 저는 고양이를 죽였고, 경비 아저씨를 죽였고, 잘린 머리를 죽이고 있습니다.

어리석은 고양이 같으니, 원한을 품는다고 한낱 미물이 사람을 이길 수 있을 것 같아?

피비린내를 맡으며 거친 숨을 몰아쉬고 있을 때

였습니다. 밖에서 찢어지는 비명이 들렸습니다. 화장실에서 뛰어나오자 눈을 부릅뜬 여자가 허옇게 질린 얼굴을 두 손으로 감싸고 있었습니다.

"아, 설명할 수 있어요."

저는 손에 든 칼을 흔들며 경비실 밖으로 나왔습니다.

"오지 마, 가까이 오지 마!"

여자는 뒷걸음질 치다가 허겁지겁 도망치기 시작했습니다. 저는 여자를 쫓아갔지만 종아리도 성치 않은 데다가 발목도 시큰거려 좀처럼 거리가 좁혀지지 않았습니다. 여자의 손에 들린 핸드폰. 신고하지 말란 말이야. 내가 다 설명할 수 있다니까. 안 돼, 안 돼.

여자를 부지런히 쫓고 있다고 생각했는데, 저는 화단에 주저앉아 있었습니다. 그리고 살을 뚫고 튀어나온 뼈를 혀로 핥고 있었습니다. 사이렌 소리가 가까워졌고, 경찰차와 구급차가 제 앞에 늘어섭니다. 어, 이 장면 어디서 본 것 같은데. 제 발밑에는 피 묻은 칼이 떨어져 있습니다. 경찰관들이 달려와 칼을 집어 들고 제 오른손에 수갑을 채웁니다. 차가운 금속이 손등 위의 상처에 닿자, 시원한 느낌이 듭니다.

자, 잠깐, 다 설명할 수 있어요.

저는 경찰관에게 말합니다. 그런데 제 입에서 나오는 말은, 제 생각과 다릅니다.

"왜애옹." ■

품은만두

지난주 월요일 구내식당의 점심 메뉴는 만둣국이었다. 월요일부터 만두라니, 미간이 저절로 좁혀졌다. 나는 만두를 별로 좋아하지 않는 데다가, 즉석만두 특유의 느끼한 맛은 더욱 싫어한다. 희뿌연 국물에는 공장에서 찍어낸 만두가 여섯 개 들어있었다.

"민 과장, 무슨 일 있어?"

회사에서 유일하게 친한 동료인 곽이 물었다.

"일은 무슨, 왜?"

"아니, 아까부터 뒤적거리기만 하고 통 먹지를 않아서."

그의 말을 듣고 나서야 지금껏 내가 만두를 요리조리 제치며 국물만 떠먹고 있었다는 걸 알았다.

"아, 이거. 실은 내가 만두를 별로 좋아하지 않거든."

"하긴, 이런 인스턴트만두는 만두라고도 할 수 없

지. 나가자."

 나와 곽은 불어 터진 만둣국을 퇴식구에 반납하고 편의점에 갔다. 곽은 내게 묻지도 않고 냉장고에서 캔 커피 두 개를 꺼내 와 계산했다.

 "자네가 만두를 싫어하는 건."

 더부룩한 속을 쌉쌀한 커피로 누르는데, 곽이 굳이 만두 얘기를 다시 꺼냈다.

 "제대로 된 만두를 못 먹어봤기 때문이지."

 "제대로 된 만두라니? 만두가 다 거기서 거기지."

 "어휴, 큰일 날 소리. 거기서 거기라니, 만두 종류가 얼마나 많은지 아나. 우리가 흔히 먹는 찐만두나 군만두 말고도 중국의 딤섬, 춘권, 대만의 샤오룽바오, 베트남의 짜조, 인도의 사모사…. 아니다, 내가 지금 그걸 말하려는 건 아니고. 내가 말하는 제대로 된 만두란 자오쯔, 반달처럼 생긴 교자만두를 말하는 걸세."

 이 친구 눈치 없긴 여전하군. 맞장구를 쳐주지 않고 커피를 홀짝이는데 곽이 팔꿈치로 내 옆구리를 툭 쳤다.

"어때? 제대로 된 만두 한번 먹어볼 텐가?"

"됐네. 난 생각 없어."

"그러지 말고 같이 가자고. 정말 나만 먹기엔 아까운 맛이라서 그래."

"그래, 그럼 다음에."

이렇게라도 말하지 않으면 계속 조를 기세였다.

"아니, 말 나온 김에 오늘 저녁에 가자고. 내가 연태고량주까지 풀서비스할 테니까."

"만둣집이라며? 오늘은 정말 생각 없다고."

"아, 만두만 파는 건 아니야. 정 만두가 싫으면 우육탕면을 먹든가. 아님 어향가지 같은 볶음요리도 있으니 그걸 먹든가 하라고."

그나마 회사에서 사적으로 말 트고 지내는 동료는 곽뿐인데, 저녁 한 끼 하자는 청을 매몰차게 거절할 수는 없었다.

퇴근 후, 곽과 함께 중국요릿집인 화영루에 갔다. 화영루는 양재천 카페거리에서 주택가로 들어가는 골목 초입에 있었다. 중국영화에서 본 듯한 나무 대문과 창틀, 격자무늬 울타리가 쳐진 2층이 나름 이국적인 풍취를 자아냈다. 창유리에는 빨간 바탕에 검은색으로 쓴 복(福) 자가 거꾸로 붙어있었고, 말린 옥수수 다발도 주렁주렁 매달려 있었다.

나는 약간의 흥미를 느끼며 안으로 들어갔다. 홀에는 4인용 테이블이 여섯 개, 주방과 연결되는 좁은 통로 쪽으로 2인용 테이블이 세 개 놓여있었다. 우리 말고 다른 손님은 아무도 없었다. 우리는 편안하게 4인용 테이블에 앉았다. 막상 앉고 보니 테이블 위의 얼룩이 눈에 띄었다. 오래된 얼룩이라 닦아도 지워질 것 같지는 않았다. 벽에 붙은 선반은 찻잎을 모아둔 항아리로 장식되어 있었는데, 하나같이 먼지가 보얗게 쌓여있었다. 맞은편 벽의 술병들도 마찬가지였다. 지난번 생태찌갯집도 인생 맛집이라더니 비린내가 심해 김치랑 밥만 먹고 나왔다. 이번에도 곽의 허풍에 말려든 게 아닌가 싶어 불안한 마음이 들었다. 그런 내 마음을 알 리 없는 곽은 방금 골을 넣은 소년 같은 얼굴로 카운터를 향해 손짓했다. 그러자 양 갈래로 머리를 땋은 여자가 주문을 받으러 왔다. 부어오른 듯 둥근 얼굴에 흰 피부는 어딘지 모르게 고기만두를 연상시켰다. 곽은 당연히 극찬하던 자오쯔를 주문했고, 나는 무난하게 우육탕면을 주문했다.

예약이라도 해놓은 것처럼 음식이 바로 나왔다. 김이 피어오르는 우육탕면에서는 구수한 냄새가 났다. 젓가락으로 면을 두어 가닥 집어 입에 넣어봤다. 면발도 적당히 익었고 국물 맛도 그럭저럭 흠잡을 데는 없었다. 그렇다고 일부러 찾아와서 먹을 정도는 아니었다.

"어떤가."

곽이 눈을 빛내며 물었다.

"맛있군."

"그게 보통 국물이 아니라 한 번 먹어서는 깊은 맛을 모른다네. 기왕 왔으니 이것도 한번 먹어보게."

곽이 내 앞 접시에 자오쯔 한 개를 놓아주었다. 겉보기에는 요즘 한창 광고하는 냉동교자라고 해도 믿을 법한 생김새였다. 그다지 먹고 싶지는 않았지만 곽의 성의를 무시할 수 없어 젓가락으로 만두를 집어 한입에 넣었다. 어라, 쫄깃한 만두피의 느낌부터 심상치 않았는데, 입안으로 퍼지는 육즙과 혀에 부드럽게 감기는 만두소가 저절로 감탄을 자아내게 했다.

"허, 이거 맛있는데?"

"그것 보게. 내가 말했지 않나. 이 집 만두는 제대로 된 만두라고."

우리는 그 자리에서 자오쯔 두 판을 더 추가했다. 연태고량주의 향과 어우러진 자오쯔는 더욱 독특한 풍미를 자아냈다. 이렇게 맛있는 집인데 우리가 배불리 먹고 나올 때까지 다른 손님이 한 명도 없었다는 것을 제외하고, 이상한 점은 없었다.

부끄러운 얘기지만 그날 이후 단 하루도 만두 생각을 떨칠 수가 없었다. 식사할 때는 물론, 밤에 출출할 때도 화영루의 만두 생각이 간절했다. 곽이 있었다면 또 가자고 하면 될 일이었지만, 곽은 4박 5일 일정으로 일본 출장을 떠나고 없었다. 참고 참다 목요일이 되었다. 도저히 안 되겠다. 혼자서라도 먹어야지.

퇴근 후 버스를 타고 무작정 양재천으로 갔다. 어찌 된 일인지 화영루를 찾을 수가 없었다. 가게가 있어야 할 자리에는 주변과 어울리지 않게 방치된 공터만 있었고, 공터 구석에는 삐딱하게 기울어진 전신주가 하나 서있었다. 혹시나 잘못 기억하는 게 아닌가 싶어 골목골목을 뒤져봤다. 이 골목인가 싶어 가보면 엉뚱한 가게가 있었고, 다음 골목인가 하고 가보면 식당이라고는 찾아볼 수 없는 주택가였다. 지도 앱에도 등록되지 않았는지 검색해도 나오지 않았다. 결국 별 소득 없이 집에 돌아와 컵라면을 먹었다.

그렇게 허탕을 치고 나자 만두에 대한 갈망은 더욱 커졌다. 주말이 되어서도 만두 생각뿐이었다. 동네에서 맛있다고 소문난 만둣집을 찾아갔지만 화영루의 100분의 1에도 미치지 못하는, 비교 자체가 불가능한 맛이었다. 아깝지만 두 개도 먹지 못하고 밖으로 나왔다. 그리고 월요일이 오기만을 기다렸다.

월요일 아침, 출근하자마자 곽에게 담배나 피우러 가자고 했다. 곽은 싱글거리며 나를 따라나섰다. 우리는 흡연 구역이 있는 옥상으로 올라갔다. 출장에서 돌아온 곽은 마치 휴양지에 다녀온 사람처럼 얼굴이 그을려 있었고, 까무잡잡한 피부는 그의 뚜렷한 이목구비를 더 두드러져 보이게 했다.

"출장은 잘 다녀왔나?"

"출장이 다 그렇지, 뭐."

"얼굴은 좋아 보이는데?"

"아침부터 불러서 왜 실없는 소리를 하고 그러나? 새삼스럽게 선물이라도 사 왔을까 봐?"

"아니, 오늘 저녁 약속 없으면 화영루나 가자고."

"어?"

"지난번에 자네가 샀으니, 오늘은 내가 사지."

당연히 좋다며 방정을 떨 줄 알았는데, 곽은 시큰둥한 표정으로 담배만 피워댔다.

"왜? 출장 다녀온 지 며칠 안 돼서 와이프 눈치 보이나?"

"그런 게 아니라…."

"그럼 가자니까."

이번에는 내가 조르는 형국이었다. 일주일 전과 입장이 완전히 뒤바뀐 것이다.

"나도 가고 싶기는 한데, 거기가 한 달에 한 번만 갈 수 있는 곳이라…. 오늘 가려면 자네도 등록을 해야 할 텐데…."

"뭐? 등록? 그렇게 허름한 가게가 회원제로 운영되기라도 한다는 건가?"

"응."

"지난번에는 그런 말 없었잖나."

"지난번에는 내 회원권으로 간 거니까. 회원은 한 달에 한 번씩 갈 수 있고, 한 번 갈 때 딱 한 사람만 데려갈 수 있거든."

곽의 목소리가 평소보다 낮게 울렸다. 회원권이라니, 어쩐지 비쌀 것 같았다. 곽의 아버지는 중견기업의 사장이다. 곽은 순금은 아니어도 14K 수저쯤은 물고 태어난 셈이다. 지난번 월요일에 다른 손님이 없었던 것도 이제야 이해가 갔다. 고급 회원제로 운영되는 식당이라면 그럴 수밖에 없겠지. 아니, 고급 회원제라면 탁자의 얼룩이니, 선반의 먼지 같은 게 설명이 안 된다. 괜히 주눅 들지 말자. 골프장 회원권도 아니고 중국집 회원권이 비싸 봐야 얼마나 하겠어.

"그래? 회원권이 얼만데?"

"그게…. 회원권은 돈을 내고 사는 게 아니라네. 회원이 되기 위해서는 특별한 쇼를 봐야 하거든."

"쇼? 어디에서?"

"식당 2층에서."

나는 격자무늬 울타리가 쳐진 2층을 떠올렸다. 그 안에 공연장이 있다는 말인가?

"쇼 입장권을 사는 건가?"

"아니, 쇼도 공짜라네."

"그럼 뭐가 문젠가? 나도 쇼를 보고 회원이 되겠네."

"정말 괜찮겠나?"

"당연하지. 자네도 보지 않았나?"

"그랬지."

"그런데? 자네는 괜찮고, 나는 괜찮지 않을 거란 말인가?"

"글쎄…. 그런 건 아니지만…."

곽이 말꼬리를 흐리며 종이컵에 담배를 비벼 껐다. 그러고는 컵을 구겨 휴지통에 던져 넣었다.

"그럼 나 먼저 가겠네. 신중하게 잘 생각해보게."

곽이 내 등을 가볍게 치고 옥상 문으로 사라졌다. 나는 곽의 뒤통수를 노려보다 꽁초를 검지 끝으로 탁탁 쳐서 담배를 껐다. 바닥에 떨어진 재에서 회색 연기가 실처럼 올라오다 금세 꺼졌.

입사 동기인 데다 동갑내기인 곽은 친화력이 좋아 회사에서 소식통 역할을 자처했다. 나는 그에게서 인사팀의 누구랑 연구소의 누가 그렇고 그런 관계라더라, 영업팀의 누가 경쟁사로 이직한다더라, 하는 잡다한 소문을 들었다. 하지만 정작 중요한 일들―대대적인 인사이동이 있다거나, 재무팀에 새로 온 모 군이 사장의 조카라서 말귀를 못 알아들어도 목소리를 높이면 안 된다든가 하는 정보들—은 맨 나중에 알았다. 처음 몇 번은 왜 미리 말해주지 않았냐며 따지기도 했다. 그럴 때마다 곽은 자기도 몰랐다며 시치미를 뗐는데, 그의 얄팍한 심리는 분석하지 않더라도 훤히 보였다. 곽은 겉으로는 나랑 친한척하면서도 속으로는 은근히 우월감을 느끼고 있는 것이다. 그러니 화영루도 자랑하기 위해 데려갔을 뿐, 내가 자신과 동급의 회원이 되는 건 달갑지 않을 수도 있다.

퇴근 시간이 다가오자 곽이 내 의사를 다시 한번 물었다. 나는 물론 화영루의 회원이 되겠다고 했다. 곽도 더는 나를 만류할 구실이 없는 듯 입맛을 다시며 말했다.

"쇼를 보려면 자네 혼자 가야 하네."
"그래? 그럼 약도를 좀 그려주겠나?"
"약도를?"
"지도 앱에 없더라고. 내가 길치 아닌가."

지난 목요일에 혼자 가봤지만 찾을 수 없었다는

말은 하지 않았다. 곽이 노란 포스트잇에 약도를 대충 그려주었다. 택시 안에서 포스트잇 위에 휘갈겨진 선을 보고 있으려니 미묘하게 기분이 나빠지며 멀미가 났다.

택시에서 내리자 약도를 보지 않고도 화영루를 찾을 수 있었다. 카페거리 초입에 떡하니 버티고 있어 지난주에 찾지 못하고 헤맸다는 게 이상할 정도였다. 서둘러 들어가려다 식당 옆의 삐딱한 전신주를 보고 멈칫했다. 공터 구석에 서있었던 것과 기울어진 각도와 모양이 정확히 일치했다. 순간 차가운 손이 목덜미를 훑는 듯한 느낌이 들었지만 식당이 사라졌다 나타났을 리도 없고, 비뚤어진 전신주야 어디든 있을 수 있으니 대수롭지 않게 넘기기로 했다. 그런데도 섣불리 들어가지 못하고 주저하는데, 나무 문이 요란한 소리를 내며 열렸다. 안에서 둥글고 하얀 얼굴이 달처럼 튀어나왔다. 갈래머리 여자였다.

"어서 오세요. 쇼 보러 오셨죠?"

여자의 억양은 한국인과 별 차이가 없었지만 풍기는 분위기에서 중국인이라는 걸 알 수 있었다. 나는 여자를 따라 안으로 들어갔다. 두 사람이 지나가려면 몸을 옆으로 틀어야 할 만큼 좁은 복도를 지나자, 2층으로 향하는 나무 계단이 있었다.

"이리 올라가시면 됩니다."

갈래머리 여자가 한 발 물러나며 말했다. 혼자서 계단을 오르려니 괜히 긴장됐다. 삐걱거리는 나무 계단 때문인지, 어려서 엄마 몰래 다락방에 올라갔던 기억이 되살아났다. 엄마는 먼지가 많다며 가지 못하게 했지만 나는 다락방의 낮은 천장이 좋았다. 상자 속에 들어있는 오래된 물건들을 뒤져보는 것도 재미있었다. 그러나 은밀한 즐거움은 오래가지 못했다. 다락 구석에 쌓인 구두 상자 뒤편에서 어미 없이 말라 죽은 새끼 쥐들을 본 다음에는 두 번 다시 가지 않았으니까.

열네 개의 계단을 오르자 2층이 나왔다. 2층은 천장이 낮아 다락방을 연상시켰다. 당연히 다락방보다는 훨씬 넓었고, 가운데에는 경극 공연장처럼 네 모서리에 기둥이 세워진 금빛 무대가 있었다. 경극에 취미가 있는 주인이 자신의 공연을 보여줄 셈인가? 어찌 됐든 상관없다. 나는 공연을 볼 것이고, 회원 자격을 얻고, 자오쯔를 먹을 것이다. 무대 앞쪽으로 빨간 방석이 놓인 나무 의자가 있었다. 나를 위한 의자였다.

아무도 오지 않아 조바심이 날 무렵, 무대 뒤에서 어수선한 소리가 들렸다. 허리를 세우고 무대 뒤편을 보니 1층에서 2층으로 올라오는 사다리가 있었다. 누군가 사다리를 타고 올라왔다. 「패왕별희」의 우미인처럼 화장한 얼굴과 화려한 옷, 얼굴을 반쯤 가린 부채 때문에 언뜻 봐서는 나이와 성별을 가늠하기 힘들었지만, 떡 벌어진 어깨와 굵은 목소리로 그가 남자라는 걸 알 수 있었다.

"어서 오세요, 손님. 화영루에 오신 것을 진심으로 환영합니다. 저는 이 집의 주인인 첸이라고 합니다."

주인 남자, 첸이 무대에 올라와 인사를 하는 동안, 소녀라는 표현이 어울리는 가녀린 여자들이 사다리를 타고 속속 올라왔다. 치파오를 입은 소녀들은 모두 다섯 명이었다. 빨강, 파랑, 하양, 노랑, 검정. 모두 다른 색의 치파오를 입고 있어 무대는 더욱 화려해 보였다. 문득 하얀 치파오의 소녀와 눈이 마주쳤다. 얼굴의 반을 차지한 큰 눈은 금방이라도 눈물방울이 떨어져 내릴 것처럼 촉촉했다. 소녀는 얼른 고개를 숙였지만 나는 그 아이에게서 좀처럼 눈을 뗄 수가 없었다.

"손님, 저 아이가 마음에 드십니까?"

기척도 없이 곁에 다가온 첸이 물었다. 첸은 작은 술잔이 놓인 쟁반을 들고 있었다.

"곧 아이를 준비해드리겠습니다. 일단 한 잔 드시지요."

"네? 아이를 준비하다뇨? 무슨 말씀이신지…."

"걱정하지 마십시오. 그저 쇼일 뿐이니까요."

첸이 내 앞에 쟁반을 내밀었다. 하얀 도자기 잔에 담긴 술은 진홍빛이었다. 내키지는 않았지만 자오쯔를 먹겠다는 일념으로 술잔을 집어 목구멍에 털어 넣었다. 복분자주 같은 종류라고 생각했는데, 목으로 넘어가는 순간 입안에 철분 맛이 확 퍼졌다.

어라, 이거 혹시 피?

머리가 아찔하더니 정신이 아득해졌다. 내게 약을 먹인 건가? 혹시 환각 상태에서 아이에게 무슨 짓을 하게 만드는 건 아닐까?

눈을 떴다. 뭔가 잘못됐다. 나는 의자에 앉은 채 손발이 묶여있었다. 머리는 조각조각 떨어져 나갈 것처럼 아팠고, 정신은 여전히 몽롱했다. 지독한 숙취보다 열 배는 심한 고통이었다. 실내는 한밤중처럼 어두워 시간을 가늠할 수가 없었다. 얼마나 시간이 흐른 걸까. 첸은, 그리고 소녀들은 다 어디로 간 걸까.

정체된 공기에서 희미한 고기 비린내가 났다. 도와달라고 소리쳐봐야 도와줄 사람이 있을 리가 없었다. 나는 매듭을 풀어보려 손목을 비틀었다. 비틀수록 손목이 더 조여올 뿐, 매듭은 꿈쩍도 하지 않았다. 이게 곽이 말한 쇼란 말인가? 여기서 무사히 나간다면 내 기필코 녀석을 가만두지….

그때였다. 조명이 확 밝아졌고, 무대 뒤 커튼을

젖히며 마술사처럼 주인 남자가 등장했다. 소녀들이 사라진 무대 위에는 파란 불꽃이 타오르는 조리대가, 조리대 위에는 통돼지라도 삶을 수 있을 만큼 커다란 냄비가 놓여있었다.

"손님, 놀라셨죠? 저희는 손님을 해치려는 게 아닙니다. 다만 저희 자랑인 자오쯔의 조리 과정을 직접 보여드리기 위해 모셨을 뿐입니다."

첸이 태극권을 하듯 팔을 크게 휘두르며 말했다.

"그, 그럼 왜 나를 묶은 거요?"

"간혹 조리 과정에 거부감을 느끼는 분들이 계셔서요. 그 점은 부디 양해해 주시길 바랍니다."

첸은 조리대 뒤로 사뿐사뿐 걸어갔다. 조리대 뒤에는 좁고 긴 나무 침대가 놓여있었다. 하얀 시트를 덮어놔서 확실히 알 수는 없었지만, 실루엣으로 보아 사람이 누워있는 것 같았다. 조리 과정에 거부감을 느낀다면… 설마…. 팔에 소름이 돋고 목덜미에서 식은 땀이 흘러내렸다. 첸이 침대에 덮인 시트를 걷어냈다. 예상대로 사람, 여자가 누워있었다. 그 여자가 흰옷을 입은 소녀였다는 걸 알아보기까지는 몇 초의 시간이 걸렸다. 침대 위의 소녀는 알몸이었기 때문이다. 소녀는 눈을 감은 채 죽은 사람처럼 누워있었다. 아니, 정말 죽었는지도 모른다. 허벅지, 옆구리, 가슴 아래… 하얗다 못해 창백한 소녀의 몸 곳곳에는 시커먼 실로 꿰맨 자국이 있었다. 어림잡아 7, 8cm는 족히 될 정도로 길게 찢어진 상처에는 누런 피고름이 맺혀있었다. 보기만 해도 구역질이 나는 광경이었는데, 나도 모르게 군침을 삼키고는 깜짝 놀랐다. 아니야, 이건 아까 마신 술 때문이야. 그 술에 환각 성분이 들어있었던 게 분명해. 나는 고개를 설레설레 저었다.

"자, 지금부터 쇼를 시작합니다!"

첸이 높은 목소리로 외치자 주방장이 등장했다. 얼굴 길이의 두 배가 넘는 길쭉한 모자를 쓴 백발의 남자였다. 주방장이 소녀의 팔을 위로 들어 올렸다. 겨드랑이에도 꿰맨 자국이 있었다. 주방장은 겨드랑이의 봉합실을 끝이 뾰족한 가위로 경쾌하게 잘라냈다. 눈을 감아버리고 싶으면서도, 계속 보고 싶은 유혹을 뿌리칠 수 없어 신음을 삼키며 '쇼'를 지켜봤다. 주방장이 실밥을 뽑아낸 소녀의 상처를 집게로 조심스레 벌렸다. 시뻘겋게 벌어진 겨드랑이 안쪽에 매끈하고 하얀 물체가 보였다. 만두였다. 주방장이 상처 사이로 손가락을 넣어 아기 주먹만 한 크기의 만두를 꺼냈다. 그리고 피고름이 묻어있는 만두를 냄비에 담가 국자로 휘저은 다음 건져냈다.

"손님, 직접 보니 어떠십니까? 화영루의 자오쯔는 이렇게 만들어집니다. 제가 개발한 이 만두의 이름은 사실 자오쯔가 아닙니다. 사람의 살 속에 품은 채 서서히 숙성시킨다고 해서 '품은만두'라고 부른답니다."

첸이 노래하듯 말하고는 주방장에게 손짓했다. 주방장이 꽃무늬가 그려진 접시에 만두를 담아 오자, 첸이 젓가락으로 그걸 집어 내 입에 가져다 댔다.

"어서 드십시오. 이걸 드시면 1인분을 준비해드리겠습니다."

미친, 마음속으로 욕을 삼켰다. 입은 굳게 다문 채였다. 나는 절대로 저 말도 안 되는 음식을 먹지 않을 것이다. 여기서 빠져나가야 한다. 그러나 등 뒤로 묶인 손은 여전히 꿈쩍도 하지 않았다. 만두 냄새가 코를 자극했고, 입술에 와 닿는 만두피의 촉감과 온기가 내게 어서 입을 벌리라고 속삭였다. 입안에 고인 침을 삼키자 목울대가 크게 흔들렸다.

"참지 말고 드십시오, 손님. 손님은 품은만두의 맛이 얼마나 좋은지 벌써 알고 계시지 않습니까?"

첸이 말했다.

"만두를 먹으면, 나를 풀어주겠소?"

"물론입니다."

반은 자의적으로, 반은 풀려나기 위함이라는 핑계로 입을 벌렸다. 벌어진 입술 사이로 첸이 만두를 넣어주었다. 입안으로 미끄러져 들어온 만두는, 맛있었다. 아직 소녀가 눈을 감은 채 침대에 누워있는데, 소녀의 벌어진 겨드랑이에서 피고름이 흘러나오고 있는데, 그 모든 과정을 지켜보고도 맛있을 수가 있다니… 나 자신에게 배신감이 느껴졌다.

그다음 내가 한 일은 흐릿한 기억 속에 묻어두고

싶다. 나는 소녀의 몸에 심어져 있던 만두를 주방장이 꺼내주는 족족 먹어치웠다. 그렇게 여덟 개의 만두, 1인분을 해치우자 첸은 화영루의 회원으로서 지켜야 할 규칙을 설명해 주었다. 화영루는 회원제, 예약제로 운영된다. 화영루는 한 달에 한 번씩만 올 수 있다. 방문 시에는 동반 1인까지 가능하다. 화영루의 조리 비법에 대해 누설하면 회원 자격을 상실하며 그에 상응하는 보상을 해야 한다…. 조리 비법에 대한 조항만 빼고 대부분 곽에게서 들은 이야기였다.

집에 돌아오는 길에 곽에게 전화를 걸었다. 늦은 시간이라서인지 받지 않았다. 문자에도, 메신저에도 응답이 없었다. 아무리 회원으로서의 규칙이라고 해도 이런 과격한 쇼에 대해 귀띔도 해주지 않았으니, 내 연락에 답할 면목이 없을 만도 했다. 아니면 단순히 잠이 든 걸 수도 있겠고. 어차피 내일 회사에 가면 볼 테니 일단은 나도 잠을 청하기로 했다.

샤워를 하고 침대에 누웠지만 쉽게 잠이 오지 않

앉다. 불 꺼진 천장을 올려다보는데 자꾸만 소녀의 영상이 떠올랐다. 꽃이 피듯 활짝 벌어지던 소녀의 피부, 빨간 속살 안에 하얗게 비쳐 보이던 만두…. 꿈과 현실의 경계에서 소녀의 하얀 육체는 태아 자세가 되었다가 만두로 변하기도 하고, 접시 위의 만두들은 한데 뭉쳐져 소녀의 몸이 되기도 했다.

먹고 싶다, 먹고 싶다, 먹고 싶다….

다음 날 곽이 회사에 나오지 않았다. 별다른 연락도 없었다고 했다. 무단결근이었다. 비상 연락망에서 아내의 번호를 찾아 연락해 봤다. 평소와 다름없이 출근했는데 회사에 간 게 아니었냐며, 혹시 어디 갔을지 짐작되는 데가 없냐며 도리어 내게 묻는 통에 간신히 달래주고 전화를 끊었다. 내가 무서워 회사에 오지 않은 건 아닐 테고, 워낙 제멋대로 구는 녀석이니 하루쯤이야 일탈할 수도 있겠거니 생각했다. 그런데 곽은 그다음 날도, 그리고 그다음 날도 출근하지 않았다. 그의 아내는 실종신고를 냈고, 경찰이 수사를 시작했다. 사복 차림의 형사는 내게도 찾아왔다. 형사는 몇 가지 형식적인 질문을 했고, 나는 그에 대해 거짓 없이 답했다. 화영루에 관해서는 묻지 않았으므로 나도 굳이 말하지 않았다.

보름이 지났지만 곽은 여전히 행방불명이었다. 곽의 실종을 두고 회사 사람들은 이러쿵저러쿵 말이 많았다. 뺑소니 사고를 당하고 어딘가에 유기된 게 아니냐는 말부터 나이 많은 여자랑 눈이 맞아 해외로 도망갔다더라 하는 말까지, 그에 대한 추측은 미스터리와 로맨스를 넘나들며 확대재생산 되었다. 흡연실에서 마주친 몇몇은 내게 그의 소식을 묻기도 했다. 그때마다 화영루, 라는 단어가 뇌리를 스쳐 지나갔지만 나는 침울한 얼굴로 모르겠다며 고개를 저었다.

"허어, 민 과장도 모르게 사라지다니, 둘이 거의 원 플러스 원으로 붙어 다닌 거 아니었어?"

이렇게 말한 건, 인사팀 송 부장이었다. 원 플러스 원이라니, 누가 본품이고 누가 사은품이었을지는 묻지 않아도 뻔했다. 나는 곽이 이대로 돌아오지 않기를 은근히 바랐다. 걱정도, 죄책감도 들지 않았다. 곽이라면 제가 싫어하는 일은 절대로 하지 않을 인간이니까. 설령 그것이 예기치 못한 사고라고 해도 곽이 원하지 않았다면 일어나지 않았을 것이다.

한 달이 지나자 곽에 대한 사람들의 관심이 급격히 사그라졌다. 더는 내게 곽의 이름을 언급하는 사람이 없었다. 나는 곽의 빈자리를 채우기 위해 두 배로 열심히 일했다. 이제는 내가 본품으로 인정받을 차례였다.

"민 과장, 자네는 말이야. 열심히는 하는데 도무지 요령이 없어. 센스가 부족하다고 해야 하나…. 여기 좀 보라고. 곽 과장이라면 여기서 논리를 이런 식으로 전개하지는 않았겠지."

내 보고서를 모니터 화면에 띄운 팀장이 혀를 차며 말했다. 미련한 팀장이 아직도 곽의 그림자에서 벗어나지 못했다는 사실에는 새삼 충격받을 필요가 없었다. 가볍게 요령만 부리는 것보다 꾸준하게 열심히 하는 편이 진가를 발휘한다는 것을 조만간 팀장도 깨

닫게 될 것이다. 그때가 되면 센스가 정말 부족한 게 누구인지 판가름 나겠지. 그러니 팀장의 잔소리는 무시해도 된다. 게다가 오늘 저녁은 화영루에 예약을 한 날이었다. 한 달이 지나기를 얼마나 기다렸는지!

퇴근하자마자 화영루로 직행한 나는 당연히 품은만두를 주문했다. 대나무 찜기 위에 올려진 여덟 개의 만두가 하나씩 줄어드는 걸 아까워하며 입에 넣고 최대한 꼭꼭 씹어 먹었다. 이 정도 맛이라면 테이블의 얼룩이나 선반의 먼지 따위는 하나도 중요하지 않았다. 일곱 번째 만두를 입에 넣었을 때, 딱딱한 물체가 씹혔다. 당장 뱉어내고 싶었지만 그렇게 하면 만두 하나를 버리는 셈이 된다. 아까운 만두를 버릴 수는 없었다. 나는 이물질을 입안 구석으로 밀어 넣고, 목으로 넘어가지 않게 조심하며 만두를 씹어 삼켰다. 그런 다음 입안에 손을 넣어 이물질을 꺼냈다. 혀에 닿는 느낌으로 짐작했지만 이물질의 정체는 반지였다. 그것도 내가 아주 잘 알고 있는 까르띠에 반지, 곽의 결혼

반지였다. 누가 보기 전에 반지를 양복 주머니에 넣었다. 만두소에서 그의 반지가 나오다니, 주방 보조로 일하고 있나? 어째서? 만두를 더 많이 먹기 위해서?

곽의 실종이 화영루와 연관되어 있다는 내 추측이 틀리지 않았다. 곽이 나보다 만두를 많이 먹을 수도 있다는 생각에 정수리가 뜨거워졌다. 계산하면서 갈래머리 여자에게 곽이 여기에 있는지 물어보려다 말았다. 역시 모르는 편이 나을 것 같았다. 그가 정말로 회사와 집을 떠나 화영루에서 일하고 있다는 사실을 확인한다면, 질투심에 괴로워하는 것은 결국 내 몫이 되기 때문이다.

며칠 후, 회사에 남아 야근을 하는데 화영루에서 문자가 왔다. 광고 문자였다. 화영루같이 비밀스럽게 운영하는 곳에서 광고 문자를 보내다니 의외였지만, 회원 대상으로만 보냈다고 생각하니 딱히 이상할 것도 없었다.

6월 2일부터 8일까지 특별회원을 모집합니다. 자주 오지 않는 승급의 기회, 놓치지 마세요!

특별회원에 관한 이야기는 곽에게서도, 첸에게서도 들은 기억이 없었다. 특별, 이라는 말이 주는 어감 때문일까. 이번에야말로 비싼 회비를 받을 수도 있겠다는 생각이 들었다. 예를 들어 일주일에 한 번씩 갈 수 있는 대신, 1년에 일곱 자리 숫자의 금액을 회비로 내야 한다거나. 그럴 만큼의 여윳돈은 없었지만 궁금증을 참지 못하고 화영루에 전화를 걸었다.

"안녕하세요, 화영루입니다."

갈래머리 여자의 목소리였다.

"방금 문자 받고 연락드렸는데요. 특별회원 자격에 대해 알고 싶습니다."

"전화상으로는 불가능하고요, 직접 오시면 상담해 드릴 수 있습니다."

"다른 게 아니라… 회비가 얼만지 궁금해서요."

"회비도 오셔야 말씀드릴 수 있습니다."

전화를 끊고 한참 동안 고민했다. 특별회원을 하겠다고 찾아갔다가 회비가 비싸서 그냥 돌아오게 되면 너무 수치스러울 것 같았다. 그럴 바에야 아예 물어보러 가지 않는 편이 나았다. 하지만 만두를 더 먹을 수 있는 기회를 놓치고 싶지는 않았다. 일반회원도 쇼를 본다는 조건으로 가입했으니 특별회원도 어쩌면 돈이 아닌, 특이한 조건을 충족시키면 되는 게 아닐까? 책상에 앉아 손톱을 물어뜯으며 다리를 달달 떨다가, 화영루에 다시 전화했다.

"특별회원 상담하고 싶은데요. 오늘 몇 시까지 가면 됩니까?"

"열시 전에만 오시면 됩니다."

아직 여덟시. 시간은 충분했다. 나는 노트북을 끄고 자리를 정리한 다음 사무실을 나왔다.

화영루에 도착, 갈래머리 여자에게 특별회원 상담을 받으러 왔다고 했다.

"이쪽으로 오세요."

여자가 나를 뒷문으로 안내했다. 이전에는 문이 있는지도 몰랐는데, 술병들이 진열된 왼쪽 벽 뒤편으로 한 사람이 간신히 빠져나갈 만큼의 작은 문이 있었다. 문을 열고 나가자 뒤뜰이 펼쳐졌다. 뒤뜰은 전혀 손질되지 않은 듯 잡초들이 웃자란 상태로 방치되어 있었다.

"여기로 들어가세요."

발밑을 보니 바닥에 정사각형 모양의 나무 문이 있었다. 문이라기보다 뚜껑이라는 말이 더 어울릴법한 널빤지는 지하실로 통하는 입구인 것 같았다. 여자가 널빤지를 가볍게 들어 올렸다. 언제나처럼 여자의 역할은 거기까지였다.

나는 지하로 이어지는 사다리를 타고 내려갔다. 생각보다 어둡고 깊어서 후들거리는 다리를 달래며 한 발 한 발 조심스레 디뎌나갔다. 지하로 내려온 다음에야 안이 어두운 이유를 알 수 있었다. 사다리를 타고 내려오면 바로 지하실로 이어지는 게 아니었다. 지하실로 가기 위해서는 동굴처럼 긴 통로를 지나야 했다.

고개를 꺾다시피 숙이고 스무 걸음 정도를 갔다.

마침내 눈앞에 지하실이 나타났다. 아니, 그곳은 지하실이 아니라 목욕탕이었다. 커다란 타원형의 금빛 욕조—넘실대는 물은 빨간 수채물감을 풀어놓은 것처럼 투명한 선홍빛이었다—안에는 벌거벗은 소녀들이 둘러앉아 있었다. 그리고 그들 사이에 곽이 있었다. 곽은 흐뭇한 표정으로 여기저기 박음질된 소녀들의 몸을 훑어보느라 내가 온 것도 알아차리지 못했다.

역시 나보다 먼저 특별회원이 된 거였나. 분한 마음에 아랫입술을 지그시 깨무는데 곽의 몸이 어딘가 어색해 보였다. 곽에게는 왼팔이 없었다. 조금 더 가까이 가서야 하반신도 사라졌다는 사실을 알았다. 곽의 두 다리는 허벅지부터 말끔히 잘려 나가고 없었다. 그러니까 소녀들과 나란히 앉아있는 건 오른팔만 달린 곽의 토르소였다. 입에서 끄윽, 하는 신음이 흘러나왔다. 그제야 나를 알아본 곽이 반갑게 웃으며 남아 있는 오른팔을 들어 보였다.

"자, 자네…. 이게…."

"민 과장, 오랜만이야. 자네도 화영루의 특별회원이 되러 왔나?"

"특별회원이라는 게 그럼…."

곽의 옆에는 흰옷의 소녀가 요염한 미소를 짓고 있었다. 소녀의 몸은 빈틈없이 박음질이 되어 마치 검은 그물 옷을 입고 있는 것처럼 보이기도 했다. 어떤 부분은 볼록하게 튀어나와 있었는데, 그 안에는 잘 숙성된 만두가 들어있는 것 같았다. 그걸 보자 검은 실을 뽑아버리고, 만두를 꺼내 먹고 싶은 충동이 일었다.

소녀의 나른한 시선이 내게 향하는가 싶더니 가슴 아래쪽의 매듭을 스스로 풀고 지그재그로 연결된 실을 서서히 잡아당겼다. 한 땀 한 땀 실오라기가 풀리고 여린 피부가 홍합처럼 쩍 벌어졌다. 소녀가 그 사이로 손가락을 넣어 두어 번 헤집자 봉긋하게 부풀어 오른 만두가 나왔다. 소녀는 만두를 욕조 물에 헹구어 내게 내밀었다. 파블로프의 개처럼 고개가 저절로 앞으로 기울어졌다.

먹고 싶어, 저 만두를 당장 입에 넣어야겠어.

먹으면 안 돼, 저 만두를 먹으면 너도 곽처럼 될 거야.

머릿속에서 이성과 본능이 격렬한 전투를 벌이는데, 낯설지 않은 목소리가 뒤에서 들려왔다.

"뭘 망설이세요? 어차피 드실 거면서."

첸이었다. 그가 고른 치아를 드러내며 친절한 미소를 지었다. 그의 입술은 피를 바른 것처럼 새빨갛게 반짝이고 있었다. ■

고강선사유적박물관

 내가 10년 만에 부천으로 간 건, 괴담을 쓰기 위해서였다. 호러 작가인 나는 호러와 관련된 공모전이라면 놓치지 않고 참여하는 편인데 며칠 전 부천 괴담 공모전이 있다는 소식을 들었다.

 공모전 타이틀이 '부천 괴담'인 만큼 부천의 옛 이름과 역사, 유적, 민속의례 등에 관련된 내용이 들어가면 가산점을 준다고 했다. 공모전 요강을 살펴보니 대동산신제나 장말도당굿 등의 예시가 있었는데, 나는 그중 고강 선사유적에 관심이 갔다. 어렸을 때 만화를 보고 고고학자의 꿈을 키웠던 적이 있어서인지 선사시대의 유적과 관련된 이야기가 구체적인 실체 없이 떠오른 것이다. 그렇다면 가장 먼저 할 일은 현장답사, 고강 선사유적공원에 가는 일이었다. 셰익스피어는 『로미오와 줄리엣』의 배경이 된 이탈리아의 베로나에 가본 적이 없다지만 나는 셰익스피어가 아니니까 조금이라도 배경 조사를 많이 하는 게 글을 쓰는 데 도움이 된다.

그런데도 부천에 가는 일이 선뜻 내키지는 않아 차일피일 미뤘다. 10년 전에 있었던 사건 때문이다. 내 남편은 2015년 여름의 끝자락, 부천에서 실종되었다. 그런 이유로 지난 세월 동안 나는 부천이라는 지명을 머리에서 지우려 노력했다. 하지만 인간은 '어떤 것'을 생각하지 않는 일이 불가능하다. 코끼리를 생각하지 말라는 말을 듣는 순간 코끼리를 생각하는 것처럼. 나에게는 부천의 아파트가 그랬다. 낡은 복도, 좁은 방과 때 묻은 벽지, 유일한 사치품인 와인색 소파 같은 것들이 눈을 감으면 그곳에 있는 것처럼 선명하게 그려졌다. 강산이 변한다는 세월이 지났어도 과거를 조금도 극복하지 못한 자신이 한심하지만, 현재진행형의 물음이 남아있으므로 극복이라는 단어가 어울리는지 모르겠다. 지금도 머릿속에서 고장 난 알람처럼 울리는 해결되지 않은 물음.

남편은 어디로 사라졌을까?

...

　나는 남편과 결혼하고 2년 반 동안 부천에 있는 공무원 아파트에서 살았다. 준공 20년이 넘은 아파트는 복도식인 데다 좁고 낡았지만 공무원이라는 직업 덕에 시세보다 훨씬 싼 가격에 거주할 수 있어 감사할 따름이었다. 남편은 모 국회의원의 보좌관으로 내가 국회에서 인턴직을 하던 시절에 만났다. 의원회관에서 일하면서도 마주친 적은 없고, 공통의 지인이 소개해 주었다. 우리는 만난 지 두 달 만에 결혼했다. 나는 서른을 앞두고 부모에게 결혼하라는 압박을 받고 있었고, 남편도 친한 친구가 결혼하자 자기도 결혼해야겠다고 마음먹었을 때였다.

　지금도 첫 만남이 기억난다. 남편은 내가 꿈꾸던 이상형은 아니었지만 호감형이었고 말이 잘 통했다. 어차피 이상형을 만난다는 생각 따위는 접은 지 오래였다. 우리는 저녁 일곱시, 일식집에서 만나 초밥을 먹고 와인 바로 옮겨 새벽 두시까지 이야기하다 택시를 타고 집에 갔다. 택시 안에서 그가 손을 잡았고, 나는 오랜만에 두근거리는 감정을 느꼈다. 택시에서 내릴 때는 혹시 키스라도 하는 게 아닌지, 첫 만남부터 키스까지 해도 될지 고민하며 긴장했는데 그런 일은 일어나지 않았다. 다만 그는 헤어지기 전에 초점이 맞지 않는 눈으로 "…돌아가야 해."라고 말했다. 그때까지와는 다른 표정과 가라앉은 말투 때문에 순간 흠칫했지만 집으로 간다는 말이겠거니 생각하고 곧 잊었다. 그리고 남편이 실종되기 전까지는 완전히 잊고 있었다. 남편이 사라지고 나서야 문득 떠오른 그 말은 줄곧 나를 괴롭혔다. 보통 누군가가 실종되면 왜, 라는 질문을 먼저 하겠지만 나는 그 말 때문에 어디로, 라는 질문에 속박되었다. 도대체 어디로 돌아가야 한다는 말이었을까? 앞의 말을 들었다면 남편을 찾아낼 수 있지 않았을까?

신혼 생활에 문제는 없었다. 우리는 타이밍이 맞아서 결혼한 사람들답게 무난한 부부관계를 이어나갔다. 크게 싸운 일도 없었고 크게 즐거운 일도 없었다. 둘 다 활동적인 편은 아니라 휴일이면 대부분 모자란 잠을 자며 보냈다. 2인용 소파는 주말에 티비를 보다 낮잠 자기 딱 좋아서 먼저 차지하는 사람이 임자였다. 인턴 계약이 끝날 때쯤 남편에게 글을 쓰고 싶다고 말했다. 결혼 6개월 만이었다. 남편이 조금 놀란 얼굴로 물었다.

"글을 써?"

"작가가 되고 싶어."

"난 몰랐어."

"내가 말 안 했으니까."

두 달 사귀는 동안 말할 틈도 없었지만, 말하기를 미뤄왔다는 쪽이 더 정확했다. 결혼이라는 제도에 은근히 기대고 싶은 마음도 있었다. 결코 큰 기대는 하지 않았다. 회사를 그만둔다고 바로 작가가 되는 것도 아니고, 작가가 된다고 수익이 보장되지도 않으니 남편이 허락하지 않는다고 해서 서운할 일은 아니었다. 그날 대화는 거기서 끝났다. 이후에도 가타부타 말이 없었으므로 나는 새로운 의원실을 찾기 위해 국회 홈페이지 채용공고를 들락거렸다. 그런데 그 주 토요일이 되자 남편이 분위기 있는 식당에 데려갔다. 그리고 처음 만난 날처럼 와인을 주문해 건배했다.

"미래의 작가를 위하여."

난생처음 감동의 눈물을 흘렸다. 이 남자라면 죽을 때까지 같이 살 수 있겠다고 생각했다. 작가가 될 때까지 아이 낳는 것도 미루기로 했다. 나는 아이가 없어도 괜찮다는 쪽이라 남편의 배려가 고마울 따름이었다.

겨우 2년 후, 남편이 내 인생에서 사라졌다. 우리가 살던 신혼집은 18평형 공무원 아파트였으므로 공무원인 남편이 실종되자 나는 자연히 쫓겨나게 되었다. 졸지에 살 집이 없어진 것이다. 작가 지망생으로 일정한 벌이가 없었기에 대출도 받을 수 없었다. 남편에게 버림받았다며 비통해하거나 감상에 빠지는 건 당시의 내게는 사치였다. 남편은 없어도 살 수 있지만 집이 없으면 살 수 없으니까. 그렇다고 내가 천애 고

아는 아니었다. 본가 부모는 내가 결혼한 후 홀가분한 짐을 처리했다는 듯 아파트를 팔고 제주도로 내려갔다. 남편이 사라진 상황에서 제주도에 가서 부모님에게 은근한 연민의 시선을 받으며 눈칫밥을 먹기는 죽기보다 싫었다. 시댁은 궁합이 맞지 않는다는 이유로 결혼을 반대한 데다 남편이 그렇게 사라졌으니 나를 달갑게 볼 리가 없었다.

어디에서 살아야 하나. 변변한 친구 하나 없는 나로서는 막막할 뿐이었다. 그때 손을 내밀어 준 사람이 A였다. 옆집에 살던 A는 당시로서는 드문 여성 보좌관이었고, 당이 다른 남편과는 얼굴만 알고 지내는 사이였다. 옆집에 살지만 엘리베이터에서 몇 번 마주쳐 눈인사를 나눈 것 빼고 나와는 정식으로 인사한 적도 없었다.

그런 A가 우리 집 초인종을 눌렀다. 가전을 팔면 얼마나 될까, 신혼 가구는 어떻게 해야 하나, 망연히 옷장을 쳐다보며 혼자 맥주를 마시고 있을 때였다. 찾아올 사람이 없는데, 혹시 남편인가? 급한 마음에 누구인지 확인도 하지 않고 현관문을 열었다. 문 앞에는 전혀 예측하지 못했던 사람이 서있었다.

"어… 무슨 일로… 저희 집에…."

"상의하고 싶은 일이 있어요. 들어가도 될까요?"

A가 담담한 목소리로 말했다.

"들어오세요."

나는 현관문을 활짝 열어젖혔다. 평소의 나라면, 현관에 세워둔 채 용건을 따져 물었겠지만 당시의 나는 지칠 대로 지쳐 어떻게 되든 상관없다는 심정이었다.

"여기 앉으세요."

식탁을 가리키며 말했다. 남편과의 추억이 깃든 와인색 디자인 소파는 중고로 팔려 비닐을 씌워둔 상태였다.

"뭐 마실 것 좀 드릴까요?"

"아니요. 괜찮아요."

A의 말에 안도하며 맞은편에 앉았다. 어차피 집에는 '마실 것'도 없었다. 사악사악 소리를 내며 마른

손을 비비던 A가 입술에 침을 바르고는 말하기 시작했다.

"저도 공무원 아파트 계약이 만료되었거든요."

그걸 왜 나한테 말하나. 나는 A의 얼굴을 빤히 쳐다봤다.

"그쪽 사정은 대충 알고 있어요. 아, 우리 통성명도 안 했군요. 저는 A라고 하는데요. 성함이?"

"네. 김정선입니다." (A와 나는 이날 처음으로 서로의 이름을 알게 되었으나 이 소설에서는 가명과 익명으로 하기로 한다.)

A는 한결 부드러워진 표정으로 용건을 말했다. 공무원 아파트의 임대 기간은 최대 4년이다. 올해로 4년을 채워 집을 구해야 하는데 여의도 주변, 광흥창에 있는 빌라로 가려 한다. 혹시 생각 있으면 같이 살자, 대략 이런 내용이었다.

"조건은요?"

나는 잔뜩 위축된 채 물었다. 분명 좋은 제안이기는 했지만 월세를 나눠 내자든가 하는 조건이 있을 텐데, 당장 구할 수 있는 일이라고는 편의점이나 식당 아르바이트 정도라 한 달에 몇십만 원씩 부담할 자신이 없었다.

"집안일을 해줘요."

"집안일… 이요?"

"네. 청소나 빨래 같은 것들이요. 요리는 필요 없어요. 전 집에서 밥을 안 먹거든요. 아, 정선 씨가 먹을 건 해 먹어도 좋아요."

"정말 그것만 하면 된다고요?"

"네."

"왜요?"

"왜라뇨?"

"왜 저를 도와주시는 거죠?"

"도와주다뇨. 정선 씨는 집이 필요하고 나는 집안일을 하고 싶지 않으니 부탁하는 건데요."

A가 웃음기 없는 얼굴로 말했다. 하지만 어떻게 말하더라도 오갈 데 없는 나를 구제해 준다는 사실은 변하지 않았다. 청소나 빨래 같은 일이야 가사도우미

서비스만 정기적으로 받아도 해결될 것이다. 굳이 다른 사람과 같이 사는 불편을 감수하는 이유는 뭘까? 알 수 없는 호의는 거절해야 하겠지만 이유를 따질 형편이 아니었다.

나는 감사 인사를 하고 A의 집에 들어가 청소와 빨래를 성실히 하며 지냈다. 집밥은 먹지 않는다며 귀찮은 표정을 짓던 A는 어느 때부터인가 즐거운 얼굴로 내가 만든 집밥을 먹었다. 꽤 살가운 사이가 되고 나서도 나는 A에게 나를 거둔 이유를 묻지 않았다. A는 담백하고 좋은 사람이었다. 어려운 아이들에게 기부하고, 간혹 일 얘기를 하기도 했는데 토론회 안건을 들어보면 소수자나 약자를 위한 정책과 관련된 것이었다. 어떤 이는 이유 없는 호의를 베푼다는 걸 믿어야 했다. 그런데도 가끔 망상 같은 의심이 피어올랐다. 남편의 실종에 이 여자가 관계된 것은 아닐까. 청소하며 몰래 A의 물건을 뒤진 적도 있었다. 남편을 연상시키는 건 말끔하게 정돈된 서랍뿐이었다. 혼돈 자체인 내 서랍과 달리, 그의 물건들은 늘 반듯이 정리되어 있었다. A도 마찬가지였다. 그런 짓을 한 날이면 나는 죄책감에 절어 잠들었다.

그렇게 무려 4년 동안 더부살이하며 닥치는 대로 아르바이트를 해서 돈을 모았고 서울에 반지하방을 마련했다. 내가 독립하겠다고 하자 A는 섭섭한 얼굴로 "더 있어도 되는데…."라며 말꼬리를 흐렸다. 사실 급하게 나올 이유는 없었다. 그런데도 서두른 건 어쩐지 마음에 걸리는 일이 있었기 때문이다. 그 집을 나오기 두어 달 전 주말이었다. 함께 밥을 먹던 A가 멍한 얼굴로 "… 돌아가야 해."라고 한 것이다. 가슴이 쿵, 내려앉았다. 나는 곧바로 무슨 말이냐고 반문했지만, A는 아무 말도 하지 않았다며 시치미를 뗐다. 초점이 맞지 않는 눈, 가라앉은 목소리… 남편과의 첫 만남, 헤어질 때 그가 했던 말과 정확히 일치했다. 이번에는 어디로 간다는 건지 알아야 했다.

"방금 돌아가야 한다고 하지 않았어요?"

"아니라니까?"

"무슨 말 했잖아요?"

"정선 씨, 왜 그래?"

말했다, 안 했다 둘 다 물러서지 않고 실랑이하다 결국 내가 먼저 자리에서 일어났다. 그때 결심했다. 얹혀사는 것도 여기까지라고.

A의 집을 떠나던 날 로봇청소기를 선물로 주었다. 그 뒤로 A와 만난 적은 없다. 드문드문 전하던 안부 인사도 언젠가 끊겼다.

막상 혼자가 되고 나니 남편의 실종이 피부로 느껴졌다. A와 살 때는 제 몫을 잘 해내야 한다는 생각에 창틀 구석의 먼지까지 말끔히 닦아내느라 다른 생각을 할 틈이 별로 없었다. 매일 집 안을 깨끗하게 유지하는 데는 상상을 초월하는 노동력과 시간이 요구된다. A는 까다로운 사람이 아니어서 그렇게까지 나를 몰아칠 필요는 없었지만 당시의 내게는 잡생각이 나지 않도록 몰입할 무언가가 필요했다. 그 무언가가 사라지고 나서, 나는 점점 실종 사건에 갉아 먹혀갔다. 어떤 행동도 취하지 않고 혼자 머릿속으로만 하는 탐정놀이를 밥도 거르고 잠도 자지 않고 하는 식이었다. 집 안에는 먼지, 빈 컵라면과 햇반 용기만 쌓여갔다. 이럴 바에야 A의 집에 얹혀사는 편이 나았을 테지만 언제까지고 신세를 질 수는 없었다. A의 인성을 의심해서가 아니라, 원래 호의란 건 영원히 지속되지 않는 법이니까.

형사 드라마에 나오는 것처럼 벽 가득 포스트잇을 붙이고 되지 않는 추리를 계속했다. 그렇게 말도 안 되는 일이라도 꾸준히 하니 결과가 있었다. 의도했던 것은 아니지만 어쩌면 이런 결과를 위해 그토록 집착했는지도 모르겠다는 생각을 지금은 하고 있다. 내가 쓴 메모들은 어느 날 하나로 엮여 소설이 되었다. 남편의 실종을 소재로 쓴 이야기가 공모전에 당선되어 작가로 활동하게 된 것이다. 물론 어디까지나 소설이라 실제 사건과는 전혀 다르다. 저주로 인해 사라졌다는 것이 주된 설정으로 소설 속에서는 남편의 직업도 공무원이 아니다. 배경도 부천과는 거리가 멀다.

그런데도 부천이라는 지명은 내 기억 창고에서 지칠 줄 모르는 존재감을 드러냈다.

...

 부천 괴담 공모전을 본 순간, 언젠가 한 번은 부딪쳐야 할 일이 왔다고 생각했다. 살풀이하는 심정이랄까, 직접 가서 부딪히면 악몽이 옅어지지 않을까 하는 바람이 있었다.

 서울의 남쪽, 양재천 근처에 사는 나는 지하철과 버스를 갈아타고 고강 선사유적공원으로 갔다. 4월 초, 이른 봄날의 바람은 쌀쌀했는데 빠르게 걷다 보니 겨드랑이에 땀이 배어났다. 버스 정류장에 인접한 공원 입구에는 고인돌 모형이 있었고 그 위에 예스러운 글씨체로 '고강 선사유적공원'이라고 쓰여있었다. 상징 수목이라는 측백나무와 넓은 광장을 빠르게 지나쳤다. 누군가의 블로그에서 본 대로 솟대 동상이 나왔다. 그 옆의 좁은 산책로가 선사유적지로 가는 길이었다. 철쭉동산이 유명하다는데 아직 쌀쌀한 날씨 탓인지 성미 급한 철쭉만 몇 송이 피어있을 뿐이었다.

길을 오르는 중간중간 산책하는 사람들을 보았다. 유아차에 강아지를 태운 할머니도 있었고, 검은 선글라스와 검은 옷에 커다란 선캡을 쓰고 운동하는 중년 여성도 있었다. 등산복을 입은 할아버지의 옆구리에 찬 라디오에서는 「내 나이가 어때서」하는 트로트가 흘러나왔다. 한낮의 적막감을 깨는 노랫소리였지만 그다지 거슬리지는 않았다.

느린 걸음으로 갔는데도 산 정상에 도착하자 등에 땀이 나서 축축했다. 산 아래를 내려다보며 경치를 감상할 틈도 없이 내 목표에 집중했다. 먼저 유적지 안내도와 유물에 대한 설명을 꼼꼼하게 읽었다. 한 글자도 빼놓지 않고 읽었지만 막상 머리에 들어오는 내용은 없었다. 나는 불을 피워 제사를 지냈다는 천화대와 선사유적지비를 보고 이름을 발음하기도 어려운 적석환구유구 모형도 보았다. 적석(積石), 가운데에 돌을 쌓고 환구(環溝), 그 둘레를 고리 모양의 도랑으로 둘러싼 구조물이었다. 역시 제사나 의례가 이루어진 곳으로 추정된다고 적혀있었다. 1호 움집 자리도 보았는데 신기하다, 정도의 감상이었지 영감이 확 떠오르는 일은 없었다.

김포공항과 가까워서일까? 머리 위로 날아가는 비행기가 유난히 가깝게 보였고, 그때마다 울리는 소음에 귀를 막아야 했다. 오늘 답사를 마치고 집에 가면 비행기 소음만 기억에 남는 게 아닐까 걱정될 정도였다.

기록용으로 사진 몇 장을 찍고 숨을 돌리며 산 아래를 둘러보는데, 유적지 뒤쪽에 박물관이 있었다. 입구에 '고강선사유적박물관'이라고 쓰여있어서 박물관인 줄 알았지, 아니면 화장실이나 관리 사무소 정도로 생각했을 것이다. 매표소도 보이지 않았다. 컨테이너로 만든 박물관 건물이라니, 임시 건물인가 싶으면서도 호기심이 발동했다. 괜찮은 소재를 건질 수도 있겠다는 생각에 일단 건물 외관의 사진을 찍고 안으로 들어갔다. 실내는 어딘지 모르게 서늘했다. 한여름 에어컨 바람을 쐴 때처럼 상쾌한 느낌이 아니라, 지하실에 들어갔을 때처럼 등과 어깻죽지가 오싹해지는 느낌이었다. 안내 데스크도 없었고, 다른 관람객도 보이지 않았다.

입구에는 선사유적공원을 축소해 만든 디오라마가 있었다. 금방 보고 온 곳을 작은 모형으로 보니 귀엽다는 생각이 들었다. 공원 중간중간에는 작게 만든 사람들도 있었다. 미소를 머금고 보는데 어딘가 이상했다. 작은 사람들은 하나같이 눈코입이 없었다. 모형이니 그럴 수 있다 쳐도 얼굴과 몸에 빨간색이 칠해져 있는 건 이상했다. 그것도 아무렇게나 흩뿌려진 빨간색이었다. 마치 피를 뒤집어쓴 것처럼. 그뿐만이 아니었다. 유아차를 끌고 가는 할머니, 검은 옷을 입은 중년 여성, 등산복을 입을 할아버지… 모두 산책로를 올라오면서 내가 본 사람들과 차림새가 겹쳤다. 게다가 박물관 문 앞에 선 모형 사람은 청재킷에 검은 바지를 입고 있었다. 오늘 내가 입은 옷과 같다. 이건 뭐지?

팔뚝에 소름이 돋았지만 깊이 생각하지 않고 안쪽으로 들어갔다. 우연이겠지. 간절기에 누구나 입을 법한 흔한 차림이니까.

전시관에는 선사시대 토기와 사냥에 쓰던 무기들이 드문드문 놓여있었다. 그런데 실제 유물도 아니고 문구점에서 파는 아이들 장난감 같은 수준이라 보기 민망할 정도였다. 다만 조개껍데기로 만든 가면만큼은 진짜 같았는데 하나같이 뭉크의 절규를 떠올리게 하는 얼굴을 하고 있어 으스스했다. 이상한 박물관이라고 생각하면서도 그 이상함에 이끌려 바닥의 화살표를 따라 이동했다.

벽을 따라 창이 전시된 원통형 공간을 지나자 조명이 어두워졌다. 어둠에 눈이 익숙해지고 나서야 새로운 전시관은 동굴 모양으로 되어있다는 걸 알았다. 앞의 조악한 분위기와 대조되어 오, 하는 감탄사가 절로 나왔다. 동굴 속에는 원시인을 본뜬 밀랍 인형이 있었다. 동굴 벽에 그림을 그리는 사람, 사냥감의 가 죽을 벗기는 사람 등 꽤 역동적인 모습을 하고 있었는데 자세히 보니 얼굴이 현대인처럼 생겨 다시 김이 빠졌다. 적어도 눈썹 뼈가 튀어나왔다거나 코가 넓적하고 크다거나 하는 네안데르탈인의 특징은 살려야 하지 않았을까? 역시 허술한 곳이라며 다음 전시물로 향했다. 동굴은 사라지고 제법 큰 움막이 나타났다. 움막 앞에는 짐승의 뼈가 있었고, 사슴 머리도 있었다. 언젠가 별장이 생긴다면 벽에 사슴 머리를 걸어놓고 싶어. 불현듯 남편이 했던 말이 생각났다. 사슴 머리라니, 즉각적인 거부감이 들었지만 어차피 우리 평생에 별장을 가질 일은 없을 거라 웃어넘기고 말았다.

나는 현생 인류처럼 생긴 밀랍 인형과 달리 박제인가 싶을 정도로 정교한 사슴 머리를 지나쳐 움막 안으로 들어갔다. 신석기시대, 인류 최초의 집이라 할 수 있는 움막 안에는 둥글게 모여 앉아 도구를 만드는 가족의 모습을 재현해 놓았다. 움막 벽에 기대어 앉은 여자아이는 바가지머리를 하고 있어 꽤 귀여웠다. 그런데 성인 밀랍 인형을 가까이 본 순간 앗, 소리쳤다.

아버지로 보이는 남자가 남편의 얼굴을 하고 있었다. 남편만 닮았다면 우연의 일치라고 생각했을 것이다. 그런데 남편 앞에, 아니 남편과 똑같이 생긴 인형 앞에 있는 여자 인형은 A와 똑같이 생겼다. 늘 단정하고 흐트러짐 없는 머리를 부스스 풀어 헤쳤지만 가는 눈매와 뾰족한 턱이 틀림없는 A였다.

이건 우연이 아니다.

독감에 걸려 열이 40도까지 올랐을 때처럼 몸이 마구 떨렸다. 이곳에서 나가야 한다. 동굴을 거슬러 갔지만 원통형 방의 입구를 찾을 수가 없었다. 출구를 찾아 헤매다 결국 움막 앞으로 되돌아왔다. 혹시 내 착각이 아닐까 다시 한번 인형들을 봤지만 틀림없는 남편과 A였다. 나는 구역감을 느끼며 앞으로 나아갔다. 움막 옆의 웅덩이에서는 정체를 알 수 없는 살구색 반죽이 꿀쩍꿀쩍 소리를 내며 느리게 소용돌이치고 있었다.

어찌어찌 출구로 나와 미친 사람처럼 공원을 가

로질렀다. 밖은 여전히 밝았고, 공원을 거닐던 사람들이 허둥대는 나를 돌아봤다. 나는 공원을 빠져나와 버스 정류장으로 가서는 가장 먼저 온 버스에 올라탔다. 진정하려 했지만 진정이 되지 않았다. 심장은 가슴을 찢고 나올 듯 벌떡거렸고, 숨소리는 창피할 만큼 거칠었다. 그러는 와중에도 생각은 한곳으로 모아졌다. 당장 A에게 연락해야 한다.

몇 명 저장되어 있지 않은 연락처에서 A의 이름을 찾아냈다. 손가락이 떨려 전화 걸기 버튼을 간신히 눌렀다. 신호는 갔지만 받지 않았다. 몇 번이나 다시 걸어도 마찬가지였다. 나는 버스에서 내려 택시를 탔다. 광흥창으로 가주세요. 남편과 A, 둘 다 돌아가야 한다고 말했다. 내 소설 속 저주는 '돌아가야 한다'라는 말과 관련 있다. 정체 모를 악의를 가진 무엇이 인간들에게 저주를 걸어 악의 심연으로 불러들인다는 내용이다. 만약, 만에 하나라도 내가 쓴 소설이 허구가 아니라면… 이건 그리스비극에 나오는 자기실현적 예언 같은 건가?

A와 살던 집에 도착, 초인종을 눌렀다.

"누구세요?"

안에서 여자의 목소리가 들렸다. A의 목소리는 아니었다. 그제야 A가 이사 갔을 수도 있겠다는 생각이 들었다. 그래도 여기까지 와서 그냥 돌아갈 순 없었다.

"저기요. 여기 A 씨라는 분 계실까요?"

A, 라는 이름을 말한 순간 현관문 너머의 모든 소리가 사라졌다. 나는 문을 두드리고 싶은 충동을 누르며 기다렸다. 얼마 후 발소리가 가까워지더니 현관문이 열렸다. 내 또래거나 20대 후반일지도 모를 여자가 문을 열었다. 회색에 가까운 푸른 눈에 금발, 창백한 피부를 가진 여자였다. 러시아인? 아니면 북유럽 사람일까?

"A 씨를… 아세요?"

여자가 유창한 한국어로 말했다. 오래 산 듯 억양에도 어색함이 없었다.

"네. A 씨 여기 사시는 거죠?"

"잠깐 들어오실래요?"

여자가 나를 집 안으로 이끌었다. 나는 거의 탈진하기 직전이었으므로 사양하지 않고 안으로 들어가 염치없이 시원한 물을 청했다. 물을 벌컥벌컥 마시고 나자 여자는 묻지도 않고 물 한 잔을 더 따라주었다. 물을 몇 모금 더 마시고 잔을 내려놓자 여자가 조심스레 입을 열었다.

"저는 A 씨에게 신세 지고 있는 사람인데요. A 씨가 사라졌어요."

A가 사라졌다. 내 추측이 맞았다. 머리에서 피가 싹 빠져나가는 느낌이었지만 간신히 여자를 쳐다보며 다음 말을 기다렸다. 여자는 힘겹게 말을 이었다. A가 사라진 지 벌써 1년이 되어간다. 자기는 달리 갈 곳이 없고, A가 언제 돌아올지 몰라 주인 없는 집에 남아있다. 대략 이런 내용이었다. A는 여전히 어려운 처지에 있는 사람을 돕고 있었다. 남편도 누구와 원수질 사람은 아니었다. 내 소설 속에서 남편이 저주에 걸린 건 과거 자신이 행한 악과 관련이 있다. 하지만 소설은

소설일 뿐, 세상에 저주는 없다. 자기실현적 예언이라니 가당치 않다. 예상치 못한 장소에서 남편과 A를 닮은 인형을 보고 당황한 나머지 사고가 극단으로 치달은 것이다. 차라리 미친 범죄자가 자신이 납치 살해한 사람들을 본떠 밀랍 인형으로 만들었다고 보는 편이 더 현실적이다. 그렇다. 이건 범죄다.

"같이 경찰서에 가요."

나는 푸른 눈의 여자에게 말했다. 여자는 고개를 저었다. 자기는 불법체류 상태라 A의 실종신고도 내지 못했다고 했다. 어쩔 수 없이 나 혼자 경찰서에 가야 했다. 광흥창 근처가 아닌 부천 고강동에 있는 파출소로 갔다. 공원 내 박물관은 부천 관할이니 그 편이 일 처리가 빠를 것 같았다.

파출소 맞은편 카페에 있은 지 벌써 한 시간째다. 택시를 타고 부리나케 고강동에 왔지만, 막상 파출소에 들어가자니 무슨 말을 해야 할지 머릿속이 엉망으로 뒤엉켜버린 것이다. 10년 전에 실종된 남편처럼 생긴 밀랍 인형을 봤다. 그 앞에 있던 인형은 1년 전 실종된 A를 닮았다. 그런데 A는 실종신고도 되어 있지 않다. 누가 들어도 정신 나간 사람의 이야기 같았다. 고민을 거듭하다 박물관에서 이상한 걸 봤다고 하기로 했다. 박물관으로 데려가서 밀랍 인형을 직접 보게 하고 설득하는 편이 그나마 나을 것 같았다. 카페 문을 열고 나가는데 내 손톱에 눈이 갔다. 얼마나 물어뜯었는지 너덜너덜한 손톱 밑에서는 금방이라도 피가 배어날 것처럼 새빨갰다. 그제야 아프다는 생각이 들었지만 그까짓 게 문제가 아니었다. 나는 심호흡을 크게 하고 파출소에 들어갔다. 그리고 연습한 대로 말했다. 박물관에서 이상한 검은 봉투를 봤다. 마약이 아닐까 신고하러 왔다. 내 말을 들은 순경이 한심한 얼굴로 나를 보았다.

"이봐요. 거기는 박물관이 없어요."

역시 임시로 지어진 건물이었나? 급하게 핸드폰을 꺼내 갤러리를 열었다.

"여기 사진 있어요."

"허."

순경은 노골적으로 비웃으며 이럴 줄 알았다는 표정을 지었다. 박물관을 찍은 사진이 없었다. 사진 자체가 사라진 게 아니라 배경은 있는데 박물관만 없었다. 갤러리를 뒤져도 선사유적지 사진 몇 개만 그대로 있었다.

"아니, 분명히 제가 박물관 안에 들어갔고 사진을 찍었는데요."

"계속 이러시면 공무집행 방해입니다."

순경이 자리에서 일어나 손수 유리문을 열어주었다. 나는 별 소득 없이 밖으로 나왔다. 남편이 사라진 날처럼 막막했다. 차라리 솔직히 말할까. 파출소 앞을 떠나지 못하고 머뭇거리는데 게시판에 붙은 '실종자를 찾습니다'의 사진이 눈에 들어왔다. 바가지머리를 한 여자아이. 움막 안에 있던 아이였다. 만약 남편과 A뿐만 아니라 박물관의 밀랍 인형 전부가 실종자라면? 다시 파출소 문을 열고 안으로 들어갔다.

"저기, 실종자들이 박물관에 있어요."

"네?"

"게시판 사진에 있는 아이가 거기 있었어요."

"아이가 있다고요?"

순경이 눈썹을 찌푸리며 물었다. 그렇다고 하려다 말문이 막혔다. 정확히 말해 아이가 있는 것은 아니다.

"아이랑 똑같이 생긴 밀랍 인형이요."

"이보세요, 아주머니. 지금 있지도 않은 박물관에서 실종 아동하고 똑같이 생긴 인형을 봤다는 겁니까?"

순경의 언성이 높아졌다. 옆에 있는 순경은 대놓고 나를 훑어보며 비웃었다. 내 말을 믿게 하려면 박물관이 있다는 걸 증명하는 수밖에 없다. 박물관 사진을 다시 찍어 돌아오자.

고강 선사유적공원에 들어가 낮에 갔던 길을 되짚어갔다. 하늘은 붉게 물들었고 산책하는 사람들은 역광을 받아 타들어 가는 성냥처럼 검게 보였다. 새빨간 태양을 정면으로 마주하자 눈이 시렸다. 반사적으로 눈을 감았으나 잔상이 남아 오래도록 사라지지 않앉다.

 태양이 모든 빛을 잃고 사물의 분간이 어려워질 무렵, 산 정상에 올랐다. 아무리 헤매도 박물관을 찾을 수가 없었다. 그렇게 큰 컨테이너가 몇 시간 만에 흔적도 없이 철거될 수가 있나? 아니면 박물관이 없다는 순경의 말이 맞나? 모든 게 내 꿈이었나? 아니, 나는 어느 때보다 깨어있다. 푸른 눈의 여자를 만났고, A가 실종되었다는 것을 확인했다. 그런데 왜, 박물관이 보이지 않는 걸까. 심장이 경련하듯 불규칙하게 뛰어 숨통이 막혔다. 나는 마른기침을 하며 벤치에 앉았다.

 "…돌아가야 해."

 누군가 귓가에 속삭이는 소리에 눈을 떴다. 나도 모르는 사이 깜빡 졸았나 보다. 이번에야말로 꿈을 꾼 것이다. 도대체 어디로 돌아가야 한다는 것일까. 왜 남편도 A도 돌아가야 한다고 말했을까.

 완전히 어두워진 세상 속에서 기다리고 있었다

는 듯 고강선사유적박물관 간판이 빛나고 있었다. 나는 사진 찍는 것도 잊은 채 그 안으로 빨려 들 듯 들어갔다. 토기가 있는 전시관과 창이 늘어선 원통형 공간과 동굴을 지나 움막이 있던 전시관으로 갔다. 움막 옆의 살구색 웅덩이가 더 커져있었다. 웅덩이에서는 악취가 났다. 정육점에서 나는 동물의 지방, 피, 살점의 냄새와 비슷했다. 숨을 참으며 움막 안으로 들어갔다. 밀랍 인형 가족은 변함없이 모여 앉아있었다. 아니다. 무언가 변했다. 앉은 자세, 자리 배치가 조금씩 달라져 있었다. 그사이 누군가 위치를 바꿔놨나? 나 말고 들어온 관람객이 건드렸나? 나도 한번 만져볼까? 손을 뻗어 남편을 닮은 인형을 만지려는 순간, A의 눈이 돌아갔다. 밀랍 인형이 움직인다니, 말도 안 된다. 상상력이 지나쳐 헛것을 본다며 고개를 저었다. 이게 다 뭔가. 어쩌면 난 부천에 발을 들인 시점에서 제정신을 놓은 게 아닐까. 한순간 맥이 풀려 쪼그려 앉았다. 이곳은 뒤틀린 세계다. 어서 이곳을 나가야 한다. 얼굴을 간지럽히는 머리카락을 넘기는데, 무언

가 확 내 손목을 잡았다. 비명을 지르며 뒤로 주저앉
았다. 무언가의 정체는, 남편의 손이었다. 나는 남편의
얼굴을 보았다. 밀랍으로 만들어진 두 눈에서 읽어낼
수 있는 감정은 없었다. 움막 안의 아이들이 내게 달
려들어 발목을 잡았다. 오른팔은 A에게 단단히 붙들
려 있었다. 빠져나가려 몸부림쳤지만 꿈쩍도 하지 않
았다. 그들에게 들려 움막을 나왔다. 움막 옆의 웅덩
이가 느리게 소용돌이치며 속삭였다.

…돌아가야 해. 우리는 돌아가야 해.

우리? 우리라고?

나는 완전히 틀렸다. 돌아가야 한다, 의 주체는
장소가 아니었다. 우리, 즉 정체 모를 목소리를 내고
있는 '그것들'이다. 아니, 그렇게 단정할 수도 없다. 우
리 속에 남편과 A, 내가 포함된 것이라면? 그럴 경우,
여전히 '어디로'의 문제가 남는다. 우리는 돌아가야
해. 뭉개지고 짓눌린, 저음의 속삭임이 계속됐다.

"돌아가? 어디로? 도대체 어디로!"

나는 절규했다. 웅덩이의 훈기가 훅, 다가왔다.

저건 보통 웅덩이가 아니다. 웅덩이에 빠지면 끝이다. 알면서도 내 몸은 그들의 힘에 의해 단단히 결박되어 있었다. 그들이 나를 일으켜 세워 웅덩이에 담갔다. 끈적한 반죽 속에 발목이 빠졌다. 그들이 내 팔을 놓고 물러났다. 그런데도 나는 굳어버린 것처럼 손가락조차 움직일 수 없었다. 이성을 지탱하고 있던 끈이 툭, 끊어지는 소리를 들었다.

그래, 이제 끝이다. 끝은 두려운 동시에 좋다. 끝은 편안하다.

마침내 내가 어디로 돌아가야 하는지 알게 되었다. 반죽은 기분 좋게 따뜻했다. 특유의 냄새와 감촉으로 밀랍이란 걸 알 수 있었다. 발 주변이 핏빛으로 물들고, 웅덩이 한가운데 반죽이 불룩 솟아올랐다. 분명 발목만 담갔는데 어느새 종아리까지 웅덩이로 들어갔다. 융기된 반죽이 형체를 띠기 시작했다. 인간의 다리였다. 밀랍으로 만든 다리. 그걸 보고 있는데 허리까지 쑥 빠져들었다. 밀랍 인형의 하반신이 완성되고 나는 가슴까지, 목까지 밀랍 웅덩이 속으로 가라앉

앗다. 내가 가라앉을수록 웅덩이의 붉은색은 선명해지고 밀랍 인형은 완성되어 갔다. 마침내 인형의 얼굴이 만들어지고… 나와 꼭 닮은 입술과 코를 가진 밀랍 인형이…. ■

시어머니와의 티타임

지금은 이름도 기억나지 않지만, 그 남자가 한 말은 선명한 기억으로 남아있어요. 중국집에서 단무지를 먹고 있는데 옆자리에 앉아있던 남자가 말했어요.

단무지 씹는 소리가 참 경쾌하네.

그 한마디에 공연히 단무지 씹는 소리를 의식하게 됐고, 단무지에 손이 가지 않더라고요. 남자가 저를 보며 씩 웃더니 신경 쓰지 말라고, 칭찬이라고 하면서 이런 얘기를 해줬어요.

어떤 이의 음식 씹는 소리가 귀에 거슬린다면, 너는 그 사람을 증오하고 있는 거야.

사람은 누구나 음식을 씹을 때 소리를 낼 수밖에 없는데 유독 그 사람이 내는 소리만 듣기 싫다면 그 사람이 죽기를 바라고 있다는, 그런 얘기였어요. 인간은 음식을 섭취하지 못하면 죽게 되니까요. 그 당시에는 굉장한 논리의 비약이네, 라며 넘겨버렸지만 요즘 들어 이 이야기가 자꾸 떠오릅니다. 저는 요즘, 어떤 이의 차 마시는 소리가 거슬려 죽을 지경이거든요. 후루룩 소리를 내는 것도 아니고, 고요한 실내에서 찻물이 목구멍으로 넘어가는 그 작은 소리조차 듣기 싫다고요. 작은 소리라 더 거슬리는 걸까요?

그나마 남편이 죽은 이후로 그 여자와 겸상을 하지 않아 얼마나 다행인지 몰라요. 차 마시는 소리가 이 정도인데 음식 씹는 소리는 끔찍할 정도로 혐오스럽겠죠. 짐작하셨겠지만 그 여자의 이름은 박옥조, 제 시어머니입니다. 아니, 남편이 죽었으니 엄밀히 말하면 시어머니가 아닙니다. 제가 재혼을 하지 않아서 법적으로는 시모와 며느리의 관계로 남아있지만, 현실적으로는 그저 한집에 사는 동거인일 뿐이죠. 사정을 모르는 사람들은 남편이 죽고 나서도 시어머니를 '모시고' 사는 저를 효부라고 할 거예요.

시어머니와 저는 서울 남쪽의 단독주택에 살고 있습니다. 지은 지 30년은 훌쩍 넘은 1층짜리 붉은 벽

돌집으로 방 세 개와 욕실 두 개, 주방과 거실이 있고 거실만큼이나 넓은 베란다가 앞뒤로 있는, 공간 활용이 다소 비효율적인 주택입니다. 저는 남편이 살아있을 때 썼던 욕실이 딸린 큰 방을 쓰고 있어서 시어머니와 부딪힐 일은 거의 없어요. 오후 세시가 사라진다면, 아니 이 세상에서 얼그레이가 사라진다면 얼마나 좋을까요.

시어머니는 저와 식사를 함께 하지는 않지만, 하루 한 번 오후 세시의 티타임만큼은 반드시 고집하거든요.

티타임이 하필 세시라는 점도 마음에 들지 않았어요. 세시는, 밤새 글을 쓰고 열한시쯤 일어나 침대 위에서 책을 보며 빈둥거리다가 아침 겸 점심을 먹고 활동하는 저로서는 머릿속 안개가 걷히는 시간이었으니까요. 제 라이프 사이클에 의하면 진정한 하루가 시작되는 시간인데, 시작부터 향기로운 똥을 밟는 기분이었죠.

"가족이니 하루에 한 번쯤은 얼굴을 마주하고 몇

마디 나눠야 하지 않겠니?"

제가 불퉁한 얼굴로 티포트에 차를 우려내고 있으면 시어머니는 동그란 2인용 테이블에 앉아 우아한 미소를 머금고 말합니다. 그럴 때마다 양 볼에 동그랗게 튀어나온 반질반질한 광대뼈가 저를 바라보고 비웃는 것 같아요. 저는 그것이 승자의 미소라는 걸 알고 있어요. 시어머니는 저와 경쟁 상대가 아닌데도 제게 묘한 경쟁심을 갖고 있거든요. 죽은 아들을 놓고 벌이는 경쟁이랄까. 저한테는 전혀 의미 없는 일이죠. 저는 그저 경제적인 이유로 남편과 결혼했고, 남편은 저랑 결혼한 지 1년 반 만에 죽었어요. 다행히 아이는 없고—남편과 지내는 내내 피임약을 복용했으니 다행이라고 해야 할지 당연하다고 해야 할지—지금은 마찬가지로 경제적인 이유로 시어머니와 함께 살게 된 거죠.

집안일은 제 몫이에요. 저는 일주일에 한 번 청소기를 돌리고 걸레로 바닥을 닦아요. 다만 본인 방은 스스로 치우겠다고 하더라고요. 자기 방이 무슨 금단의

구역이나 되는 듯 문을 빠끔 열고 나와서 얼른 닫아버리는데 사실 전 관심도 없는걸요. 전기밥솥에 밥을 하고, 간단한 반찬을 만드는 것도 제가 할 일이에요.

집안일과 티타임.

저는 그것들을 집세라고 생각합니다. 티타임에 딸려 오는 잔소리도 포함해서요. 예를 들면 이런 것들이요.

"아가, 오늘은 차가 좀 연한 것 같지 않니?"

"아가, 같은 찻잎인데 네가 우리면 왜 깊은 맛이 나지 않을까?"

시어머니는 언제나 차 맛에 대해 불평했어요. 다시 만들어 오겠다고 하면 혀를 차며 그냥 마시자고 했죠. 참, 시어머니는 언제나 저를 아가라고 불러요. 그 전까지 저를 아가라고 부른 사람은 아무도 없었어요. 저는 고아니까요.

차에 대한 불평으로 시작된 티타임은 죽은 남편에 대한 추억담으로 이어지죠. 남편이 초등학교 때 길을 건너면 횡단보도의 흰 선을 절대로 넘어가지 않았다는 둥, 사립학교 추첨에서 떨어지고 집에 오는 길에 엄마 때문이라며 발길질을 해댔다는 둥, 저로서는 별로 공감 가지 않는 이야기들이었어요. 제가 남편을 사랑했다면 그런 추억담이 아련하게 가슴에 와닿을 수도 있었겠지만요. 더 큰 문제는 이런 이야기들이 무한 반복된다는 점이에요. 시어머니는 자신이 같은 말을 반복한다는 사실을 모르는 걸까요? 아니면 좋아하는 노래를 반복해서 부르는 사람의 심리와 비슷한 걸까요? 저는 도저히 이해할 수 없고, 이해하고 싶지도 않아요.

시어머니는 이런 말도 곧잘 했어요.

"아가, 도라지나물은 너무 짜더라. 그리고 도라지는 우리 승한이가 별로 안 좋아했잖니? 우리 다음부터는 승한이가 잘 먹던 시금치나물을 해먹자꾸나."

그래서 저는 냉장고 안에 죽은 남편이 좋아했던 반찬들을 만들어놓았습니다. 4인용 테이블에 혼자 앉아 밥을 먹다 보면 마치 유령과 함께 식사하는 느낌이랄까. 그런 식단이 지겨워서 가끔 라면을 끓여 먹었어요. 컵라면을 먹을 때도 있었는데 언제부턴가 그러지 않게 되었죠. 컵라면을 먹고 나면 다음 날 티타임에 반드시 잔소리를 들어야 했거든요.

"아가, 너 혹시 컵라면 좋아하니? 신혼 때 야식으로 그런 인스턴트만 먹어서 우리 승한이가 병에 걸린 게 아닐까?"

저는 남편이 차라리 사고로 죽었으면 좋았겠다고, 이럴 줄 알았으면 남편이 뇌종양 말기라는 사실을 어머니에게 알리기 전, 자동차에 펑크라도 낼 걸 그랬다고 생각했어요. 하지만 시간을 되돌릴 수는 없는 일이니, 집에서 컵라면 먹는 쪽을 포기했습니다. 대신 정 먹고 싶은 날에는 편의점에 가서 먹었어요. 어두운 밤, 편의점 안에서 컵라면을 먹으며 미분양으로 군데군데 불 꺼진 신축 빌라를 보고 있자면 치아가 듬성듬성 빠진 노파의 얼굴이 떠올랐습니다. 그렇다고 박옥조 씨, 제 시어머니가 그런 추한 노파라는 뜻은 아니에요. 시어머니는 노인치고는 아름다운 편이죠. 다만 양쪽으로 땋아 올린 긴 머리는 중세 유럽 귀족의 가발 같아 부담스러웠어요. 붉은 기가 도는 머리색은 또 어떻고요.

당연히 티타임을 피하려고 한 적도 있어요. 일부러 두시 사십분쯤에 도서관에 가거나, 약속이 있다고 핑계를 대면서요. 그러면 시어머니는 아무렇지도 않다는 얼굴로 말했어요.

"그래, 그럼 오늘은 저녁때 티타임을 갖자꾸나."

저녁 시간이라니, 제 두뇌는 보통 저녁에 활성화되거든요. 꼼수를 부리려다 귀중한 시간을 더 낭비하게 되는 꼴이었어요. 어쨌든 이 모든 건 집세니까, 견뎌야만 하죠.

보육원에 들어갔을 때 저는 열한 살이었습니다. 아홉 살 때 부모님이 교통사고로 돌아가시고 고모네 집에서 2년 동안 살다가 보육원에 가게 된 거죠. 자세한 사정이야 말하지 않아도 대충 짐작하실 수 있을 거예요.

저는 잘 웃지 않는 아이였고, 열한 살치고는 가슴

이 너무 커서 항상 어깨를 구부정하게 말고 다녔습니다. 아무도 저를 입양하지 않았어요. 입양되는 아이들은 대부분 어린아이였거든요. 그렇게 몸만 어른인 아이인 채로 열여덟 살이 되었고, 보육원을 나와야 했어요. 원장님이 챙겨준 약간의 돈으로 고시원에 들어갔지요. 특별한 기술도 없고… 치킨집에서 아르바이트를 했는데 남자 손님들이 자꾸만 핸드폰을 두고 가는 거예요. 처음에는 술에 취해 그런가 보다 하고 넘겼는데, 같은 일이 반복되다 보니 제게 데이트 신청을 하려고 일부러 두고 갔다는 걸 알았어요. 그제야 큰 가슴은 부끄러운 게 아니라 무기라는 걸 알게 됐죠. 그 다음부터 돈 좀 있어 보이는 남자 손님의 테이블에 갈 때는 블라우스 단추를 하나 더 풀었어요. 그리고 기름 냄새가 풍기는 치킨집과는 어울리지 않는, 멍한 시선으로 허공을 바라보곤 했죠. 남자들은 우수에 찬 분위기를 풍기는 여자를 좋아한다는 것도 알게 됐거든요.

    그렇게 사귄 남자들과는 오래가지 못했어요. 유부남이거나 애인이 있는 경우가 허다했으니까요.

시큼한 파 국물에 젖은, 남은 치킨을 주워 먹는 것도 지겹고, 창문 하나 없는 고시원에서 사는 것도 진저리가 날 무렵 남편을 만났습니다. 금방이라도 눈 코입이 사라질 듯 희미한 인상을 주는 평범한 남자였어요. 부잣집 도련님처럼 보이지는 않았지만 유부남도 아니고 애인도 없었죠.

사귄 지 두 달쯤 지났을 때 남편이 제게 키스했어요. 그전까지는 손도 안 잡던 사람이 그날따라 횟집에서 소주를 두 병이나 마시길래 무슨 일이 나겠구나, 예상은 했었죠. 그래서 마늘이랑 양파도 먹지 않았거든요. 고시원 근처 골목길에서 벽에 밀어붙이면서 서툰 키스를 하더니 대뜸 결혼해 달라지 뭐예요. 농담하지 말라고 했는데 농담이 아니라고, 술기운을 빌리긴 했지만 진담이라고, 그 순간만큼은 제정신으로 말하더라고요. 솔직히 귀가 솔깃했죠.

"정말 나랑 결혼하고 싶어?"

"한 가지 조건만 네가 오케이한다면."

"뭔데?"

"어머니를 모시고 살아야 해. 우리 어머니, 그렇게 성가신 분은 아니야."

저는 두 번 생각할 것도 없이 좋다고 했습니다. 창문도 없는 퀴퀴한 고시원, 옆방의 코 고는 소리와 방귀 소리까지 생중계로 들어야 하는 지옥에서 벗어날 수만 있다면, 시어머니 세 명을 모시라고 해도 좋다고 했을 거예요. 남편과 결혼하면 치킨집에서 일하지 않아도 된다는 것도 커다란 이점이었습니다. 아무에게도 말한 적은 없지만 저는 어려서부터 작가가 되고 싶었거든요. 보육원의 작은 도서관에 있던 책을 다 읽은 아이는 저밖에 없을 거예요. 조그맣게 뚫린 도서관 창문으로 들어오는 햇살 아래 앉아 책을 읽는 시간은, 제 인생에서 유일하게 행복한 시간이었어요. 책을 사랑하는 사람이 작가의 꿈을 꾸는 건 아주 자연스러운 일이잖아요. 드디어 저도 꿈을 이룰 수 있게 된 거죠. 정확히는 꿈을 향해 도전할 수 있게 된 거겠지만요.

시어머니를 모시는 일이 만만치 않을 거란 것도 알았지만, 안락함에 대한 대가라고 생각하면 괜찮을 것 같았어요. 그리고 실제로도 괜찮았죠. 단 한 가지, 티타임을 제외하면 말이에요. 남편이 죽기 전에도 시어머니는 저와 티타임을 가졌거든요.

어쨌거나 제 평생 처음으로 남의 눈치를 보지 않고-시어머니 눈치를 제외하고-게다가 노동력을 제공하지 않고도 생활을 꾸려나갈 수 있다는 게 좋았습니다. 남편이 살아있는 동안은 시어머니 본인이 가사를 책임지겠다고 고집했었거든요.

시어머니는 자기 아들이 죽고 나서 집안일을 놓았어요. 어디 집안일뿐이겠어요. 정신 줄도 놓은 것 같았죠. 새벽에 이어폰을 끼고 글을 쓰다 이상한 느낌에 음악을 꺼보면 사악사악 소리가 들렸어요. 시어머니가 슬리퍼를 신고 거실을 돌아다니는 소리였죠. 가끔은 흐느껴 우는 소리도 나곤 했어요. 하긴 30년 전에 남편을 잃고, 이제는 자식까지 먼저 보냈으니 그 설움을 이해할 수는 있었죠.

남편은 시어머니가 서른여덟에 어렵게 얻은 자식이었거든요. 시어머니와 시아버지는 결혼 10년이 넘도록 아이가 생기지 않았지만 인위적인 시술로 아이를 가지지는 말자고 했답니다. 그런데 시아버지가 위암 말기 판정을 받자 시어머니는 시험관 아기를 갖기로 한 거죠. 남편을 사랑하는 마음이 무서울 정도로 강했다고 해야 할까요. 저는 도저히 이해할 수 없는 감정입니다만…. 시아버지는 자신의 아이를 품에 안아보기도 전에 죽었고 시어머니의 사랑 혹은 집착은 고스란히 아들에게로 이어지게 됐지요. 그런 자식을 먼저 떠나보내다니 아침 드라마에나 나올 극단적인 설정 같지만, 한편으로 동정심도 들긴 합니다. 하지만 시어머니가 내는 모든 소음은 참기 힘든 것이었고, 제가 할 수 있는 일은 이어폰을 귓구멍에 빈틈없이 밀어 넣고 볼륨을 올리는 것뿐이었어요.

이 집에 처음 왔던 날, 저는 남편이 사준 파란 꽃무늬 원피스를 입고 있었어요. 시어머니가 될 사람에게 인사드리는 자리니까 청바지에 티셔츠보다는 갖춰 입었다는 느낌을 주고 싶었거든요. 휴일 낮의 빌라

촌은 조용했어요. 주차된 차도 별로 없었고요. 은퇴한 노인들이 많이 사는 동네라 그런지 놀이터에는 아이들이 한 명도 보이지 않았죠.

당연히 빌라에 살 거라 생각했는데 길모퉁이의 단독주택으로 들어갈 때는 깜짝 놀랐죠. 아무리 낡았어도 이 동네에 마당까지 있는 집이라니 당장 부동산 시세를 찾아보고 싶더라고요.

철대문을 열고 마당을 지나 현관문을 열자 가장 먼저 저를 맞아주는 건 향기였어요. 어디서 많이 맡아본 향이었는데 한 박자 늦게 얼그레이라는 걸 알게 됐죠. 전 남자 친구와 카페에서 얼그레이 케이크를 먹은 적이 있지만 제 입맛에는 맞지 않았어요. 이렇게 말하면 촌스러운 입맛이라고 할지도 모르겠는데 저는 아직도 편의점에서 파는 보름달이 가장 맛있더라고요.

"어머니, 저희 왔어요."

남편이 현관에서 구두를 벗지 않은 채 자기 어머니를 불렀어요. 보통은 구두부터 벗고 거실에 들어서서 인사를 하지 않나요? 그걸 보면서 저는 들어오라는 허가가 떨어지기 전에는 집에 들어갈 수 없다는 북유럽의 흡혈귀 전설을 떠올렸죠.

"그래, 들어와라."

여전히 시어머니의 모습은 보이지 않았고, 목소리만 들려왔어요. 솔도 아니고 라에 가까운, 단번에 가성이라는 걸 알 수 있는 목소리였죠. 역시 호락호락하지는 않겠다고 직감하며 거실에 들어서는데, "슬리퍼 신어라. 엄마가 오늘 청소를 못 했거든."이라는 말이 역시 라 톤으로 들려왔어요. 족히 40년은 넘어 보이는 등나무 소파 앞에는 직사각형의 낮은 티 테이블이 있었고, 티 테이블 주변에는 방석이 세 개 놓여있었지요. 남편의 옆에 앉고 싶었지만 그럴 수 없도록 말이에요. 베란다 가까이에는 동그란 테이블이 놓여있었어요. 맞아요. 매일 시어머니와 마주 앉아 얼그레이를 마시는 그 테이블이요.

"앉아라, 차 마시자."

붉은 올림머리를 한 시어머니가 넓은 쟁반에 티포트와 찻잔을 가져오며 말했어요. 찻잔에 그려진 무늬가 예사롭지 않았는데 시어머니가 굉장히 자랑스러운 얼굴로 '포트메리온'이라고 하더라고요. 시아버지가 살아계실 때 산 거라고 했죠. 나중에 검색해 보니 엄청 비싼 영국제 찻잔이었어요.

"뭐 해? 앉으라니까."

시어머니의 말에 남편이 먼저 방석 위에 앉았어요. 저도 따라 맞은편에 앉았는데 원피스가 무릎 위로 말려 올라가는 바람에 여간 신경 쓰이는 게 아니었죠. 허벅지가 드러나는 치마 길이 때문에 제 인생에 찾아온 가장 좋은 기회를 놓치고 싶지는 않았거든요. 다행히 시어머니는 제 옷차림에 별로 관심이 없는 것 같았어요. 예나 지금이나 시어머니의 관심은 오직 제 남편, 아들에게만 향해있으니까요.

그렇게 시어머니는 상석에 앉았고, 남편과 저는 서로를 마주 보고 있었어요. 제게 차를 따라주던 시어머니가 남편을 보면서 뭐라고 말을 걸었는데, 그 바람에 티포트의 뚜껑이 열리면서 바닥에 떨어졌어요. 뚜껑은 멀쩡했지만 안에 있던 뜨거운 물이 제 손등 위로 왈칵 쏟아졌죠.

"앗! 뜨거워!"

"어머, 어쩜 좋아. 집에 얼음도 없는데."

시어머니가 어설픈 연기를 하듯 하나도 안타깝지 않은 표정으로 말했어요. 얼음이 없으면 냉동실의 고깃덩어리라도 가져와 대줘야 하잖아요. 시어머니는 그렇다고 쳐도 남편이 멀뚱히 앉아만 있는 거예요. 집에 들어온 다음부터 뇌 없는 허수아비라도 된 것처럼요. 화끈거리는 손등만큼 정수리도 화끈거렸지만 험한 말이 튀어나오지 않도록 입을 꼭 다물고 있었어요.

"어떡하니, 예쁜 손에 흉 지겠다."

"괜찮아요, 어머니."

저는 어머니라는 말에 힘주어 대답했어요. 이 정도면 당신 아들과 살 대가는 치렀다는 의미였죠. 그러고는 욕실로 가서 찬물을 틀고 손등에 맞았어요. 그사이 손등 위에 말간 물집이 수도 없이 잡혔더라고요. 나중에 그 장면을 곱씹어 봐도 일부러 그랬다는 게 확실했어요. 보통 주전자 뚜껑에는 작은 요철을 만들어놓잖아요. 내용물을 따를 때 뚜껑이 떨어지면 위험하니까 요철이 맞아 들어갈 때만 열리고 닫힐 수 있도록요.

그날 입은 화상으로 제 손등에는 희미한 갈색 얼룩 같은 흉터가 생겼지만 괜찮아요. 세상에 공짜는 없고 그 정도면 양호한 값을 치른 셈이었죠.

그로부터 일주일 후, 저는 혼인신고를 하고 이 집에 들어와 살게 됐어요. 결혼식은 하지 않았어요. 넉넉한 형편이 아닌 데다가 남편도 친구가 별로 없었고, 저도 올 사람이 없었으니까요. 남편은 스튜디오 사진이라도 찍자고 했지만 제가 에둘러 거절했어요. 사랑해서 하는 결혼도 아닌데 웨딩드레스 입은 사진 따위가 중요하겠어요? 아, 남편이 조르는 바람에 커플티를 입고 몇 장 찍기는 했어요. 그중에서 잘 나온 사진 세 장을 액자에 넣어 침실 장식장 위에 올려놓았죠. 이 집 구석구석에는 어울리지 않는 장식장이 많아요. 바로크풍이라고 해야 하나요? 장식장 말고도 이 집은 유럽을 배경으로 한 순정만화에나 나올법한 장식이

과한 가구들로 채워져 있어요. 저는 깔끔하고 단정한 스칸디나비아풍 가구를 좋아하지만, 어차피 이 집은 시어머니의 집이니 제가 참견할 바가 아니잖아요. 하긴 예전에는 꽤 잘 살았다니까 예전에 살던 집에는 어울리는 가구였을지도 모르겠네요. 아무튼, 상관없어요. 시어머니보다 제가 더 오래 살아남을 테니까, 제가 이 집의 새 주인이 되면 집을 마음대로 꾸밀 수 있을 테니까요.

솔직히 말해 신혼 생활은 평탄하지만은 않았어요. 남편과 저는 종종 말다툼을 했는데 그럴 때마다 시어머니가 들을까 봐 근린공원의 놀이터로 나가서 싸우고 들어왔죠. 싸움의 이유요? 절반은 보통의 신혼부부처럼 사소한 것들이었고 절반은 시어머니 때문이었어요. 시어머니는 제게 대놓고 참견하거나 잔소리하지는 않았어요. 대신 그 불만을 남편에게 털어놓는 유형이었죠. 한번은 집 안에서 큰 소리가 난 적이 있어요. 남편이 저한테 또 잔소리를 하길래 어머니가 그러더냐고 어머니는 왜 나한테 직접 말하면 될 걸 당신한테 이르느냐고 했거든요. 그랬더니 남편이 "네가 감히 우리 엄마에 대해 그런 식으로 말해?"라며 목소리를 높이더라고요. 감히, 라는 말에 저는 새삼 제 위치를 자각하게 됐죠. 이 집에서 가족은 남편과 시어머니 두 사람이고, 저는 그 아래에 있는 어떤 존재라는 걸요.

감히, 라는 말을 듣고 얼마 지나지 않아서였어요. 남편과 섹스를 하고 있는데 베란다에 그림자가 어른거리는 거예요. 의심할 여지도 없었어요. 그림자의 정체는 시어머니였죠. 가발처럼 땋아 올렸던 머리를 풀어 헤치고 흰 잠옷을 입은, 『어셔가의 몰락』 같은 고딕 호러소설에서 튀어나온 듯한 모습이었죠. 시어머니가 어떻게 침실 베란다까지 왔는지를 설명하려면 이 집의 구조를 다시 말씀드려야겠네요. 이 집은 현관에 들어서면 오른편에 욕실이 있고 왼쪽편에 문간방이 있어요. 그리고 문간방 옆으로 거실과 침실이 나란히 있는데 거실의 베란다가 문간방과 침실까지 쭉 연결되어 있거든요. 비효율적으로 넓은 베란다라고, 말씀드렸잖아요. 그러니까 시어머니가 마음만 먹으면 거실 베란다로 나와서 얼마든지 침실을 엿볼 수 있었어요.

"저, 저기, 잠깐."

"왜?"

남편이 동작을 멈추는 순간 시어머니의 그림자가 사라졌어요.

"아, 아니야."

저는 아무 말도 하지 못했어요. 시어머니가 지켜보고 있었다고 하면 남편은 분명 제게 눈을 부라리며 미친 소리 하지 말라고 했을 테니까요. 남편은 중단됐던 일을 계속했고, 저는 토할 것 같은 기분으로 눈을 질끈 감고 있었어요. 마치 악몽을 꾸는 것 같았지만, 언젠가 이런 경험도 소설로 풀어내야겠다며 제 안에 꾹 눌러 담았어요.

다음 날, 남편이 출근하고 어김없이 티타임이 돌아왔어요. 전날 밤 베란다에서 희번덕거리던 눈빛이 떠올라 시어머니와 눈을 마주칠 수가 없었죠. 시어머니는 그날따라 향수 냄새를 짙게 풍기면서 이렇게 말했어요.

"아가, 행복하지? 매일 밤 남편한테 사랑도 듬뿍 받고."

새색시라도 된 것처럼 볼을 붉히며 말하는 시어머니가 어찌나 소름 끼치던지요.

아기요? 아기 문제도 있었죠, 물론.

제가 피임을 했다고 말씀드렸잖아요. 남편의 자식을 낳고 싶지는 않았거든요. 남편을 사랑했다고 해도 그건 별로 달라지지 않았을 거예요. 아이를 싫어한다거나 좋아한다거나 하는 차원의 문제도 아니었고요. 보육원에서 자란 영향이 컸나 봐요. 잘 기억나지는 않지만 아홉 살 이전의 삶은 평범했어요. 그런데 부모님이 돌아가시고 고모네 집에 맡겨졌을 때, 밥을 먹기 위해서 눈치란 걸 봐야 한다는 걸 알게 됐죠. 눈치를 봐도 제 몫은 밥솥 가장자리에 말라붙은 딱딱

한 밥이었지만요. 불평은 하지 않았어요. 그러고도 보육원에 가야 했을 땐 충격이었죠. 버려진 아이들, 불행한 아이들… 아니, 아이들은 그냥 아이들이었어요. 보육원에서 지낸다고 딱히 불행해 보이지는 않더라고요. 오히려 제가 어두운 기운을 잘 흡수하는 아이였죠. 선택받지 못했다는 좌절감을 다른 아이들보다 더 많이 느껴야 했기 때문이었을까요? 어쨌든 아이를 낳는다는 건, 죄 없는 한 생명을 불확실한 세상에 던져버리는 몹쓸 짓이에요.

남편은 어땠을지 몰라도 시어머니는 속이 탔겠죠. 워낙 유전자에 대한 집착이 강했잖아요. 그래도 대놓고 말하지는 않았어요. 그 부분에 대해서만큼은 남편의 견제가 있었던 것 같아요. 대신 제 다크서클이 짙어지는 날이면 "너 혹시 생리하니?"라며 에둘러 묻곤 했어요. 그리고 오므린 입술 사이로 긴 한숨을 내뱉었죠. 얼그레이 향과 뒤섞인 입냄새란! 정말이지 역겨움 그 자체였어요.

남편이 뇌종양 말기 선고를 받고 시어머니가 시

험관시술 얘기를 꺼내면 어쩌나 걱정했는데, 그럴 틈도 없었어요. 남편은 두 달도 되지 않아 죽었거든요. 저로서는 다행스러운 일이었죠. 복이라고는 지지리도 없는 인생에 그 정도 운은 따라줘야 하지 않겠어요?

남편이 죽고 한 달쯤 지났을 때였나, 그날도 변함없이 티타임을 하는데 시어머니가 저를 빤히 보는 거예요. 무슨 할 말이 있는지 물어볼까 말까 망설이는데 시어머니가 불쑥 말을 꺼내더라고요.
"얘, 그 커플 사진 나한테 줘야겠다."
"네?"
"너랑 승한이, 결혼할 때 찍은 사진 말이야."
그제야 시어머니가 말하는 커플 사진이 웨딩 사진 대신 찍었던 사진이라는 걸 알았어요. 그 사진들이라면야 얼마든지 줄 수 있었죠. 저는 남편 얼굴을 굳이 보고 싶지 않아 엎어놓고 있었거든요. 제가 시어머니 방에 들어가지 않듯이 시어머니도 제 방에 들어오지 않았는데, 혹시라도 들어와서 보고 뭐라고 하면

'너무 가슴이 아파서 그랬다'라는 핑계까지 생각해 두었다니까요. 제게 필요 없는 물건이 시어머니의 기쁨이 된다 해도 나쁠 건 없었죠. 솔직히 제 모습은 잘라 버리고 남편 사진만 주고 싶었지만 어떻게 그래요. 그렇게 사진 세 장은 시어머니의 방으로 옮겨졌어요.

그게 엊그제 일 같은데 남편이 죽은 지 벌써 1년이 다 되어가네요. 신혼 때부터 지금까지 2년 반 동안 하루도 빠지지 않고 얼그레이를 마신 거예요. 말이 2년 반이지, 매일 얼그레이만 마셔봐요. 정말이지 향만 맡아도 토할 것 같다니까요. 얼마 전에는 얼그레이 말고 다른 차를 마시면 어떻겠냐고 조심스레 물어봤어요. 티타임에서 벗어날 수 없다면 저 빌어먹을 얼그레이에게서라도 벗어나고 싶었거든요.

"그래? 어떤 차로 바꾸고 싶니?"

"바꾼다는 게 아니라요, 어머니. 여러 가지 차를 번갈아 마시면 어떨까 해서요."

"너는 아직도 차 맛을 모르는구나."

시어머니가 쯧쯧, 혀를 찼어요. 그게 대화의 끝이

었죠. 저는 얼그레이를 즐겼다는 찰스 그레이 백작을 원망했고 중국 홍차에 베르가모트 향을 입혔다는 토머스 트와이닝을 저주했어요.

어떻게 하면 티타임을 끝낼 수 있을까.

요즘은 그걸 공상하며 시간을 보내곤 해요. 답은 정해져 있었죠. 시어머니가 이 세상에서 사라진다면 저는 그 지긋지긋한 차를 더 이상 마시지 않고, 집주인이 될 수 있어요. 만약 그런 일이 일어난다면 저는 우아하게 커피를, 아니 됐어요, 당분간은 물만 마실 것 같네요.

사실 시어머니를 없애고 싶다는 생각은 단지 티타임과 마시기 싫은 얼그레이 때문만은 아니에요. 한석 달 전부턴가, 이 할망구 아니 시어머니가 좀 이상해졌어요. 원래도 이상했지만 그보다 더 이상해졌다니까요. 집 안에 기이한 물건을 들여놓기 시작한 거예요. 성기 형태를 본뜬 목각 인형이라던가 호루스의 눈 모양 펜던트처럼 국적도 근본도 없는 물건들이 집 안을 채워갔어요. 낡은 유럽풍 가구나 도자기 인형만으로 충분히 그로테스크한 집이 사이비 주술사의 집처럼 변해갔죠. 그래도 새로운 취미 생활이겠거니 하고 내버려뒀어요. 저한테 해를 끼치는 것도 아니니까 상관할 필요는 없잖아요.

오늘은 남편의 1주기 날이에요. 그래서 어제 티타임을 할 때는 시어머니가 무슨 말이라도 할 줄 알았어요. 의외로 아무 말 안 하길래 그냥 조용히 넘어가나 보다 했죠. 안 그래도 신경이 쓰여 인터넷을 찾아봤더니 보통 죽은 자식의 제사는 지내지 않는다더라고요. 화장한 후 납골당에 봉안한 것도 아니라 찾아갈 데도 없었고요. 평소처럼 꾸역꾸역 차를 마시고 일어나는데 시어머니가 테이블 위로 비쩍 마른 손가락을 뻗었어요. 물러날 틈도 없이 억센 손이 제 손목을 움켜잡았죠.

"아가, 내일은 제사를 지내야지."

저는 서양식 생활 습관을 가진 시어머니와 제사라는 단어가 주는 전통적이고 인습적인 느낌 사이의 간극 때문에 좀 놀랐어요. 하지만 시어머니가 원한다면 제사를 지내야죠.

"그럼 음식 준비를 해야겠네요?"

"내가 알아서 할 테니, 너는 네 볼일이나 보거라."

기름 냄새, 생선 굽는 냄새, 고기산적 냄새… 저는 밤새 제사 음식 냄새에 시달려야 했어요. 글은 한 글자도 쓰지 못하고 멍하니 노트북 앞에 앉아 빗소리를 닮은 전 부치는 소리만 듣고 있었죠.

오늘 아침, 시어머니는 제게 검정 원피스를 줬어요.

"이따 제사 지낼 때 입으려무나. 새 옷이다."

저는 새 옷이라는 말을 믿지 않았어요. 소매나 옷깃이 보일 듯 말 듯 낡아있었거든요. 입지 않은 옷이라고 해도 사놓고 30년이나 지났다면 그걸 새 옷이라고 부를 수는 없잖아요? 그래도 들어주기 어려운 부탁은 아니었어요.

"네, 입을게요. 어머니."

"속에는 아무것도 입지 말고."

순간 귀를 의심했지만 제가 들은 게 정확하다는 것도 알고 있었죠. 이번에는 순순히 네, 라는 말이 나오지 않았어요.

"내 말 알아들었니?"

"네, 알겠습니다. 어머니."

저는 건성으로 대답했어요. 어차피 벗겨볼 것도 아닌데 무시하면 그만이니까요. 제사를 지내는 건 번거롭지만 제가 할 일이야 설거지 정도겠고, 시어머니가 남편이 좋아했던 샤인머스캣을 사 오겠다며 백화점까지 가는 바람에 티타임도 거르게 됐으니 실보다 득이 더 컸죠.

"정각 열시에 제사를 지낼 테니, 열시가 되기 전에는 거실에 나오지 말거라."

시어머니가 말했어요.

"네? 상 차리는 거 도와드려야 하지 않아요?"

"괜찮다. 다 내 일이야."

이것도 아들 사랑을 표현하는 방식이라 생각하고 조용히 방에 틀어박혀 있었어요. 달그락거리는 제기 소리를 듣고 있자니 기분이 좀 묘해지더라고요.

드디어 밤 열시, 저는 검정 원피스를 입고 거실로 나왔어요. 거실에는 커다란 제사상이 놓여있었죠. 작은 체구의 시어머니가 어떻게 자기 몸집의 두 배는 됨직한 제사상을 옮겨놓았을까 궁금했지만 중요한 문제는 아니니까요. 제사상에는 모조품 같은 음식들이 차려져 있었고, 양 모서리에는 두 개의 촛불이 일렁댔어요. 시어머니는 검은색 롱 원피스를 입고 있었죠. 시어머니가 먼저 절을 하고, 저에게도 절을 하라고 했어요. 어머니가 아들에게 절을 한다는 것도 이상했지만, 따지고 들면 이상한 게 한둘이 아니라 그러려니 하고 절을 했어요. 그런데 갑자기 시어머니가 달려들어 등의 지퍼를 확 내리지 않겠어요?

"어머니, 왜 이러세요?"

"속옷을 입지 말랬더니, 말을 안 들었구나."

"네?"

"우리 아들이 먹고 싶은 게, 이깟 제사 음식이겠

니?"

시어머니가 일그러진 얼굴로 웃었어요. 광대뼈가 살을 찢고 밖으로 튀어나올 듯한 웃음이었죠. 젠장, 이 여자는 미쳤어. 저는 옷을 벗기려 달려드는 시어머니를 뿌리치고 밖으로 뛰어나갔어요.

미쳤어, 미친 게 분명해.

머릿속이 윙윙거렸어요. 눈물은 나오지 않았죠. 아들이 죽은 뒤 우울해하는 거야 당연한 일이겠지만 사람이 이렇게 한순간에 미쳐버릴 수 있는지 혼란스러웠어요. 분명 괴팍한 면도 있었고, 최근에 이상한 물건을 사들이긴 했지만 티타임을 고집한다는 걸 빼고 저한테 직접 해를 끼친 적은 없으니까요. 너무 제가 좋을 대로만 생각하고 있었나 봐요. 어쨌든 혼란스러운 와중에도 열심히 계산기를 두드리게 되더라고요. 벌어놓은 것도 없는데 이대로 집에서 나오면 노숙자 신세가 될 테니까요.

핸드폰도 지갑도 없이 새벽까지 거리를 떠돌았어요. 지나가던 취객들이 저를 흘끔거리며 "상갓집 다녀오나, 보기 좋은데."라고 떠들어대는 바람에 무서워져서 집으로 돌아올 수밖에 없었죠. 비록 집에는 미친 여자가 기다리고 있다고 하더라도요. 최악의 경우 몸싸움이 벌어져도 취객 패거리를 이길 자신은 없지만 일흔에 가까운 시어머니에게 제압당하진 않을 테니까요.

현관 비밀번호-죽은 남편의 생일이었죠-를 누르고 들어오니 벽시계가 새벽 한시를 가리키고 있었어요. 제사상은 말끔히 치워져 있었고 집 안에서는 얼그레이 향이 났어요. 향수 원액을 쏟은 것처럼 지독한 향기였죠. 시어머니는 티 테이블 앞에 다소곳이 앉아 차를 마시고 있더라고요. 상대하고 싶지 않아 침실로 서둘러 들어가는데, 시어머니가 입을 열었어요.

"아가, 옷 갈아입고 나오너라."

무시하고 침실에 들어가 방문을 닫았어요. 문을 잠그려는데 어라, 잠금 핀이 빠지고 없는 거예요. 이게 언제 빠져나갔지? 원래부터 없었나? 아닌데, 남편이 자기 전에 항상 문 잠그는 소리를 들었던 것 같은데.

어쩔 수 없이 문손잡이에 스타킹을 묶고 반대편은 화장대 다리에 동여맸어요. 시어머니가 멋대로 문을 열고 들어오지 못하도록요.

"아가야, 아가야."

시어머니가 부르는 소리가 아주 가깝게 들렸어요. 방문 앞에 서있다는 걸 보지 않고도 알 수 있었죠. 저는 대꾸하지 않았어요. 금방이라도 광기가 도져서 방문을 잡아당기며 날뛸까 봐 심장이 두근거리더라고요.

"아가야, 좀 나와보라니까."

시어머니가 침실 손잡이를 잡고 덜컥거렸어요. 어찌나 세게 돌려대는지 화장대가 움직였고, 벌어진 문틈 사이로 시어머니의 눈동자가 보였어요.

"아가, 놀랐니? 정말 미안하다. 사과하마. 내가 다니던 절에서 그런 소리를 들었어. 그렇게라도 하면 영혼이 좀 위안이 된다고. 네 입장은 미처 생각 못 했구나."

다니던 절? 시어머니가 절에 다녔었나?

"어머니, 저 그냥 쉬게 해주세요."

"아가, 다신 그런 일 없을 거야. 오늘, 아니 어제 티타임도 못 했잖아. 그러니 어서 나와 차 마시렴. 차 마시고 실컷 쉬게 해줄 테니."

"전 차 마시고 싶지 않다고요."

저는 문틈으로 보이는 벌건 눈동자를 쏘아보며 말했어요.

"글쎄, 기분 풀래도."

이제 광기가 꺾이고 제정신이 났는지 시어머니는 차분한 목소리로 저를 설득하려 노력했죠. 기분이 풀릴 리가 없었지만 그 정도 선에서 양보하는 척하기로 했어요. 이 집에서 독립하려면 돈이 필요했으니까요. 창문도 없는 고시원으로 돌아가느니 차라리 제사상 앞에서 옷을 벗는 게 나았어요.

"어서 마시려무나."

마지못해 티 테이블 앞에 앉자 시어머니가 차를 권했어요. 시어머니의 머리카락처럼 검붉은 빛으로 우러난 차를 보면서 이 여자를 죽여버리고 싶다는 강한 욕망이 끓어올랐죠. 어떻게 하면 시어머니를 없앨 수 있을까, 수없이 상상했던 경우의 수 중 하나를 실행해 버리고 싶었어요.

"어서 마시렴. 왜, 독이라도 탔을까 봐 그러니?"

시어머니가 내 속을 읽은 듯이 말했어요. 저도 능청을 떨어야 할 순간이 온 거죠.

"무슨 말씀이세요, 어머니. 자기 전이라 망설이는 것뿐이에요. 진작부터 말씀드리고 싶었는데 차에도 카페인이 있어요. 루이보스나 페퍼민트 같은 차 말고, 얼그레이나 잉글리시 블랙 퍼스트 같은 차에는 카페인이 특히 많다고요. 그래서 어머님이 밤잠을 설치시는지도 몰라요."

허, 제 말에 시어머니는 기가 막힌다는 듯 코웃음을 쳤어요.

"역시 근본 없는 애는 어쩔 수 없구나. 누가 어머

니한테 그런 식으로 가르치듯이 말하니? 내가 그 정도 상식도 없을 것 같아?"

당장이라도 시어머니의 목을 조르고 싶은 충동을 누르며 차를 입에 가져갔어요. 죽여, 죽여버려. 저 마당에 묻어버리면 누구에게도 들키지 않을 거야.

손가락에 저절로 힘이 들어갔고, 목이 타들어 갔죠. 저는 미지근하게 식은 차를 벌컥벌컥 들이켰어요. 시어머니가 우려낸 차는 쓰고 비렸어요. 저와 눈이 마주친 시어머니의 입꼬리가 위로 말려 올라갔죠. 어리석게도, 저는 마셔서는 안 되는 걸 마신 거예요.

제가 그녀의 죽음을 바랐다면, 당연히 그녀도 제 죽음을 바랐겠죠. 시어머니의 눈이 왕방울만 해지고, 코가 늘어지고, 세상이 빙빙 돌았어요. 독 기운이 퍼지나 봐요. 정신을 잃으면 모든 게 끝난다고 생각했죠. 그걸로 끝이었다면 차라리 나았을 거예요.

정신을 차렸을 때, 저는 벌거벗겨진 채 침대에 큰 대자로 묶여있었어요. 징그럽게 생긴 목각 인형들이 제 주위를 둘러싸고 있었죠. 헛구역질을 하자 거품 섞인 침이 목구멍으로 넘어왔어요. 손목을 움직여보려 했지만, 테이프로 어찌나 칭칭 감아놨는지 제힘으로는 꿈쩍도 하지 않았어요. 잠시 후 시어머니가 티포트를 들고 방으로 들어왔죠.

"아가, 정신이 드니?"

시어머니는 차분한 목소리로 물었어요. 이 해괴망측한 짓들을 해놓은 사람이라고는 믿을 수 없을 정도였죠.

"어머니, 이게 다 뭐예요? 저 풀어주세요!"

"어제 의식을 치렀어야 했거든. 그래야 내 아들이 네 몸속에 들어온다고 했어. 그런데 네가 그렇게 나가버리는 바람에 일을 그르치고 말았구나."

시어머니의 말투는 여전히 담담했지만, 티포트를 쳐드는 순간 끔찍한 일이 벌어질 거라 직감했어요. 아니나 다를까. 시어머니가 펄펄 끓는 찻물을 제 배꼽에 쏟아붓기 시작했죠. 안 돼, 안 돼, 안 돼…. 머리로는 안 된다고 소리치는데 입에서는 히끅, 비슷한 소리만 새어 나왔어요. 너무 고통스러우니까 비명도 제대로 지를 수가 없더라고요.

"나쁜 짓을 했으니 벌을 받아야지? 내 아들을 죽게 했으니 너도 죽어줘야겠어."

새의 눈처럼 검게 번들거리는 눈동자, 시어머니는 완전한 광기에 휩싸여있었어요. 필사적으로 팔과 다리를 움직여봤지만 날카로운 금속 테이프가 살 속으로 파고들어 갈 뿐, 소용없는 일이었죠.

"어머니, 살려주세요. 저를 딸로 생각하신다면서요."

그 말을 믿은 적도 없고, 저도 시어머니를 단 한 순간도 제 어머니라고 생각한 적이 없지만, 당장은 미친 노파를 구슬릴 다른 말이 떠오르지 않았어요. 그동안에도 얼그레이 향을 풍기는 뜨거운 차는 쉼 없이 제 배꼽 위로 떨어져 내렸죠. 부풀어 오른 피부가 벗겨지고 시뻘건 속살이 드러나는데도 시어머니는 우아한 미소를 짓고 있었어요. 본인이 아끼던 찻잔에 차를 따르던 그 표정 그대로였죠.

"제발, 제발 살려주세요."

이렇게 당하다간 내장까지 화상을 입어 죽을 것 같았어요. 아니, 이렇게 순순히 죽을 수는 없잖아요. 기왕 죽을 거라면 죽기 전에 마지막으로 미친 사람에게 장단을 맞춰주면 어떨까. 먹힐지 안 먹힐지는 알 수 없었지만 손해날 것도 없었죠.

"엄마, 나야. 내가 돌아왔어."

최대한 남편의 말투를 흉내 내면서 말했어요. 시어머니는 눈썹 한 올 흔들리지 않고 뜨거운 물을 조르륵 붓고 있었고요.

"엄마, 그만해. 나야, 나라니까!"

"이건 또 무슨 수작이니?"

"엄마, 내가 돌아왔다고. 뜨거우니까 고만 좀 해!"

흥, 시어머니가 코웃음을 쳤어요. 역시 먹히지 않는 걸까요? 그때 밖에서 삐이이, 주전자 소리가 울렸어요. 젠장, 정말 내장을 녹여 죽일 셈인가 봐요. 시어머니가 새 주전자를 가져오기 전에 제가 아들이라고 믿을만한 증거를 대야 해요. 죽을힘을 다해 시어머니의 레퍼토리를 떠올렸어요. 아, 이럴 줄 알았으면 하나라도 귀 기울여 들었어야 하는 건데….

"이런, 찻물이 다 떨어졌구나. 새 물을 가져와야 겠어."

시어머니가 티포트를 거두며 말했어요. 화끈거린 다는 말로는 턱도 없는 배꼽 주변의 통증 때문에 정신이 오락가락했지만, 생존 본능만큼은 그 어느 때보다 강렬하게 끓어올랐죠. 순간 시어머니 앞에서 언제나 주눅 들어있던 남편, 시어머니가 들어오라는 말을 안 하면 현관에 서서 신발도 못 벗던 남편이 떠올랐어요.

"씨발, 시험관까지 해서 고생고생 낳았다면서 제 아들도 몰라봐? 내가 평생 아버지도 없이 산 엄마 불쌍해서 욕 한 번 안 하고 범생이처럼 살았는데, 내 입에서 욕이 나오게 해?"

"승한이?"

아, 마지막 한 방이 먹힌 것 같아요. 시어머니가 벌린 입 사이로 누린내를 풍기며 저를 빤히 들여다봤어요. 저는 남편의 표정을 따라 하려 애쓰며 말했어요.

"엄마, 나야. 엄마 아들. 빨리 이거 좀 풀어줘."

목에서 남편이 짜증을 낼 때처럼 쇳소리까지 났어요. 사람이 궁지에 몰리니까 놀라운 능력이 나오더라고요.

"아니… 1주기 되는 날 밤이 아니면 안 된다고 했는데… 네가 정말 승한이라고?"

"그래, 엄마. 나야. 내가 어디 안 가고 이년 집에 들어올 때까지 기다리고 있었다니까."

"어이구, 내 새끼. 내 새끼가 살아왔구나."

광기가 사그라든 시어머니가 팔목의 테이프를 풀기 시작했어요. 내 새끼, 장하다, 장해. 시어머니는 미지근한 소나기 같은 눈물을 제 얼굴 위로 떨어뜨리며 연신 중얼거렸죠. 마침내 양손이 자유로워졌을 때 긴장을 놓지 않고 남편 흉내를 냈어요.

"이제 내가 할게. 엄마는 시원한 물 좀 갖다줘."

"어? 그래, 그래."

시어머니가 주방으로 뛰어나갔고, 저는 발목의 테이프를 풀었어요. 살갗이 벗겨져 너덜너덜해진 배꼽 주변은 일부러 외면하면서 말이에요. 마침내 손발이 자유로워진 저는 무기가 될만한 걸 찾았어요. 제 주변에 놓여있던 목각 인형 중에서 가장 굵고 단단한 걸 집어 들었죠.

"얘, 승한아. 엄마가 시원한 꿀물 타 왔다."

시어머니가 쟁반에 큼지막한 잔을 받쳐 내왔어요. 저는 손을 뒤로 감춘 채 공격할 타이밍을 노렸죠. 장식장 위에 쟁반을 올려놓느라 뒤로 돌아설 때를요. 시어머니는 예상대로 행동했고 저는 쥐고 있던 목각 인형으로 그 여자의 정수리를 힘껏 내리쳤어요. 빡, 소리가 나며 인형은 두 동강이 났고, 쟁반은 바닥으로 떨어졌고, 찻잔은 산산이 부서졌고, 시어머니는 트림 비슷한 신음을 내며 쓰러졌어요. 그러고는 다시 일어나지 않았죠. 아, 정신을 잃은 것뿐 죽은 건 아니었어요.

살았구나.

저는 긴 한숨을 내쉬며 바닥에 주저앉았어요. 죽음의 문턱에 다녀온 사람이 아니라면 아무리 잘 설명해 준다고 한들 절대 이 기분을 모를 거예요. 당장에라도 시어머니의 목을 부러뜨리고 싶었는데, 마침 더 좋은 생각이 떠올랐어요. 시어머니와 나, 이 집에 단둘이 있을 뿐인데, 굳이 서두를 필요는 없잖아요. 서서히 죽음으로 인도하는 편이 훨씬 더 고통스러울 테니까요.

오후 세시.

어김없이 티타임이 돌아옵니다. 시어머니는 화장기 없는 얼굴에 머리 뿌리부터 한 뼘은 허옇게 세어버렸지만, 중세시대의 귀족처럼 롱 원피스를 입고 있어요. 그 정도 배려는 해드려야죠. 시어머니가 품위를 잃지 않도록 말이에요.

참, 옷을 갈아입히려니 어쩔 수 없이 시어머니의 방에 들어가게 됐는데요. 맞아요. 이 집에 살게 된 후 처음으로 들어간 거죠. 소박한 싱글 침대와 옷장이 있고, 구석에는 세로로 길쭉한 3단 유리 장식장이 있었어요. 그 장식장 안에 사진 세 개가 있더라고요. 언젠가 제게 달라고 했던 커플 사진이었죠. 하지만 남편 옆에 있는 얼굴이… 제가 아니라 시어머니였어요. 제 얼굴 부분을 오려내고 자기 얼굴을 붙여놓았더라고요. 젊었을 때 사진도 아니고 올림머리를 한 최근 사진이었어요. 사진관에서 찍었는지 잔뜩 굳은 표정인데다 얼굴 크기도 맞지 않아서 정말 어색해 보였어요. 소름 끼친다기보다 우스꽝스러운 사진이었죠.

저는 포트메리온 찻잔에 정성스레 차를 따릅니다. 물론 얼그레이죠. 사람의 취향은 변하게 마련인가 봐요. 그렇게 싫던 얼그레이 향이 사랑스럽기까지 하다니까요.

예전과 달라진 점이라면 시어머니가 돌림노래 같은 잡담도 잔소리도 할 수 없다는 것이에요. 의자에 오래 앉혀놨더니 욕창이 생겼는지 엉덩이에서 상한 고기 냄새가 나기도 하고요. 시어머니와 티타임을 즐길 날도 얼마 남지 않았다는 뜻이겠네요.

"어머니, 차는 뜨거울 때 마셔야죠?"

저는 시어머니가 묶여있는 의자를 가볍게 밀어 넘어뜨렸어요. 시어머니는 뒤집힌 물방개처럼 천장을 보고 누워 입을 뻐끔거렸죠. 이제는 소리 지를 기력도 남지 않았나 봐요.

"어머니, 오늘은 얼그레이 티에 부동액을 한 방울 넣어봤어요. 입에 맞으실지 모르겠네요."

저는 힘없이 벌어진 시어머니의 입에 뜨거운 차를 부어주었어요. 벌겋게 짓무른 입언저리에 말간 물집이 방울방울 잡혀갔죠. 퀭한 눈에서는 눈물이 질질 흘러내렸고요. 며칠 전에는 차를 따르던 손이 미끄러지는 바람에 시어머니의 왼쪽 볼에 타이완 지도 같은 흉터가 생겼지 뭐예요. 흉터 얘기가 나왔으니 말인데, 저도 배꼽 주변에 오스트레일리아 지도 모양의 커다란 흉터가 남았어요. 집세를 치른 셈이죠. 일시불로요.

"어머니, 전 좀 천천히 마실게요. 어머니가 항상 그러셨죠? 차는 한 모금씩 입안에 머금고 향을 음미하듯 마셔야 한다고요."

저는 이제 시어머니와의 티타임이 매우 기다려진답니다. ■

기억의 커피

 나는 여자의 입술을 본다. 여자의 입술이 쉴 새 없이 움직인다. 새로운 팀장의 환영회 자리인데—어쩌다 주제가 그리 흘러갔는지는 모르겠지만—여자는 자신의 기억에 관한 이야기를 하고 있다. 자기는 사진으로 찍은 듯 모든 것을 기억한다고, 형사 드라마에나 나올법한 능력을 자랑하고 있다. 그런 걸 포토그래픽 메모리라고 하던가.

 잠시 딴생각을 하며 잔에 담긴 맥주를 마시는데 '돌'이라는 단어가 고막을 긁고 지나갔다. 여자는 태초의 기억에 대해 말한다. 자신은 한 살 때 기억을 갖고 있다고. 돌잔치 날 할머니 댁에 있던 자개장의 무늬와 아기인 자신을 업은 포대기의 감촉과 할머니의 목덜미에서 나던 땀 냄새까지 전부 다 기억한다고. 물론 나는 여자의 말을 곧이곧대로 믿지 않는다. 우리가 기억한다고 믿는 것 중에는, 옛날 사진 속 이미지를 기억으로 치환한 경우가 대부분이다. 여자의 기억력이 나보다 좋을지는 몰라도 돌잔치 날을 기억한다니. 차라리 엄마 자궁에서 빠져나오던 순간을 기억한다고 하지. 비웃음을 속으로 삼키며 조용히 맥주를 따른다. 옆에 있던 선배가 그러지 말라며 어정쩡하게 맥주병에 손을 가져다 댄다.

사람들과 이야기를 나누려 모인 자리인데 말 많은 사람을 만나고 나면 피곤이 밀려온다. 나는 지하철 맨 앞 칸에서 어두운 터널을 내다본다. 신분당선은 무인운행이라 첫 번째 객차에서 밖을 보면 터널 속으로 빨려 들어가는 느낌이 든다. 아니, 기억나지 않지만 엄마 자궁에서 빠져나오는 듯한 느낌에 더 가까울 것 같다. 사실 여자에게 거부감을 느꼈던 건 내가 기억하지 못하는 사람, 이기 때문인지도 모른다. 나는 어렸을 적의 일이 기억나지 않는다. 내 기억은 아홉 살 때부터 시작된다. 사진을 보며 어린 시절을 회상해 보려 애쓰면 몇몇 장면이 떠오르기도 하지만, 그건 결국 사진을 바탕으로 한 상상에 지나지 않는다는 걸 알고 있다. 어째서 내게는 유년의 기억이 남아있지 않은 걸까. 어떤 사람은 연탄가스를 마시고 기억을 잃었다던데, 나는 그런 사고를 당한 적도 없다. 내 기억의 창고는 뒤죽박죽이고, 어릴 때 기억을 모아 문이 열리지 않는 지하실에 넣어둔 게 아닐까. 그것도 아니면 나는 어딘가 고장 난 사람이 아닐까. 종종 그런 의문이 들었지만 유년의 기억 따위 지금의 삶에 아무런 영향도 미치지 않기에 금세 잊고 일상에 매몰되곤 했다.

...

새로운 서비스 론칭을 앞두고 SNS 홍보 계획서를 작성하느라 퇴근이 늦어졌다. 나는 회사를 그만두고 싶다는 생각도 하지 못할 만큼 지쳐있었다. 야식 생각이 간절한데 먹으면 배만 나온다는 걸 알면서도 머릿속으로는 샌드위치를 먹을지, 라면을 먹을지 줄곧 생각하고 있었다. 크림소보로빵이나 먹을까? 내가 사는 빌라 앞 편의점에서는 직접 구운 빵을 팔았다. 뭘 먹을지는 편의점에 가서 결정해야겠다. 갓 구운 따뜻한 빵이 있다면 그걸로. 고소한 빵 냄새를 떠올리며 걸음을 옮기는데 편의점 앞에 웬 남자가 서있었다. 기다란 트렌치코트를 입고 중절모를 쓴, 90년대 홍콩 누아르 영화의 주인공 같은 옷차림이었다. 남자는 편의점 앞에 서서 커피를 마시고 있었다. 향이 어찌나 진한지 주변에 커피 향수를 뿌린 것처럼 매혹적인 향기가 코끝을 자극했다. 갑자기 커피가 당겼지만 이 밤에 커피를 마신다는 건 밤을 새우겠다는 선언이나 다름없다. 피곤할 때 침대에 누워 잠이 오기를 기다리는 것만큼 비참한 일이 또 있을까. 아쉬운 대로 디카페인 커피를 마시자. 야식은 건너뛰고 라테로, 아주 달콤한 걸로 마시는 거야.

남자는 편의점 문을 가로막고 선 채 커피를 홀짝거렸다. 나는 편의점에 들어가겠다는 의사를 표현하려 다소 과장된 손짓을 했다. 못 본 건지 못 본척하는 건지, 남자는 미동도 없었다.

"좀 비켜주시겠어요?"

그제야 남자가 미소 띤 얼굴로 나와 눈을 맞췄다. 그는 아주 살짝, 몸을 틀어 내가 지나갈 길을 만들어주었다. 거의 스치듯 옆을 지나치는데 커피 향이 나를 부드럽게 감싸안았다. 하마터면 남자에게 어디에서 산 커피냐고 물어볼 뻔했다.

"어서 오세요."

안으로 들어가자 익숙한 아르바이트생이 익숙한 목소리로 인사했다. 나는 냉장고로 가서 디카페인 커피를 찾았다. 어쩐 일인지 커피 종류가 전혀 눈에 보이지 않았다. 유제품 코너에도 가봤지만 커피우유조차 없었다. 아르바이트생에게 물어보려다 물어본다고 없는 물건이 나오나 싶어 밖으로 나왔다. 온통 커피 생각뿐, 이미 야식에는 관심도 없었다. 집에 가서 커피믹스나 타 마셔야겠다.

유리문을 밀자 딸랑딸랑, 방울 소리가 울렸다. 남자는 여전히 문 앞에 서서 커피를 마시고 있었다. 거 참, 약 올리는 것도 아니고.

"잠시만요. 지나갈게요."

남자의 뒤통수를 쏘아보고 지나가는데 그가 주머니에서 캔 커피를 꺼내 내밀었다.

"이거 드시겠어요?"

나는 깜짝 놀랐다. 그가 내게 커피를 주려고 해서 놀란 게 아니었다. 남자가 마시고 있던 커피가 원두커피가 아닌 캔 커피였기 때문이다. 고작 캔 커피에서 어떻게 갓 볶아낸 원두를 그라인더에 갈아 핸드드립으로 우려낸 듯 진하고 깊은 향기가 날 수 있지? 평소의 나라면 낯선 사람이 내미는 음료 따위 가볍게 거절했겠지만 호기심은 종종 위험 요소를 무시하게 만든다.

"얼만데요?"

"아, 그냥 드셔도 됩니다. 원 플러스 원이었거든요."

남자가 캔 커피를 더욱 가까이 들이밀었다. 얼떨결에 받아 들고 포장을 살펴봤다. 갈색 바탕에 빨간 동그라미 모양의 로고가 있고, 로고 안에는 여자 얼굴이 그려져 있었다. 마치 스타벅스 로고를 흉내 낸 것처럼 조악하다. 자세히 보니 여자의 정수리에는 횃불이 타오르고 횃불 양옆으로 날개가 달려있었다. 이름도 특이했다. 기억의 커피. 괜히 받았다는 후회가 밀려왔지만 그렇다고 도로 줄 수도 없는 노릇이었다.

"감사합니다."

"그럼 편안한 밤 되시길."

"네. 안녕히 가세요."

어정쩡한 대답을 하고 공동 현관문의 비밀번호를 눌렀다. 그리고 빠른 걸음으로 계단을 오르다 문득 뒤를 돌아봤다. 남자는 커피 캔을 편의점 앞 상자에 던져 넣고는 골목의 어둠 속으로 사라졌다. 나는 다시 계단을 올라갔다. 엘리베이터가 없다는 이유로 다른 곳보다 싸게 들어왔지만, 엘리베이터가 없는 5층은 아무리 올라 다녀도 적응이 되지 않는다. 거칠어진 호흡을 가다듬으며 도어록을 해제하고 현관 안쪽에서 캔 커피를 들여다봤다. 어디 구멍은 없는지 흔들어보기도 하고, 이음새가 떨어졌다 붙은 건 아닌지 캔 뚜껑을 자세히 살펴보기도 했다. 성분표시도 제대로 되어 있고… 제조사는 메모리 컴퍼니? 처음 들어보는 회사다. 얼른 메모리 컴퍼니를 검색해 봤다. 검색 결과 없음. 내친김에 기억의 커피도 찾아봤다. 검색 결과 없음. 모르는 사람이 준 커피, 제조회사 불명. 따지도 말고 버려야 할 물건인데 무슨 변덕인지 향이나 맡아보자는 생각으로 캔 뚜껑을 땄다. 과연, 후각을 사로잡는 커피 향이 거실 가득 퍼졌다. 차가운 커피에서 어떻게 그런 향이 날 수 있는지…. 순전히 향에 이끌려 캔을 입으로 가져가 벌컥벌컥 마셨다. 향에 홀려 맛을 음미할 틈도 없이 술잔을 비우듯 마셔버린 것이다. 그 순간, 머릿속에 번개처럼 기억이 파고들었다.

그 기억은 아이 울음소리로 시작되었다. 붉은 피가 흘러나오는 작은 손가락, 왼손 검지. 주저앉은 아이의 발치에는 껍질이 빨간 사과와 칼, 쟁반이 놓여있었다. 엄마가 잠깐 한눈판 사이 사과를 깎겠다고 칼을 집어 들었고, 사과를 손바닥 위에 놓은 채 칼질을 했다. 어설픈 칼질에 사과는 튕겨 나가고 여린 손가락이 날카로운 칼날을 그대로 받았다. 여섯 살의 나는 베인 손가락을 치켜들고 울었다. 넘어져 무릎이 까지면 나오던 붉은 피보다 난생처음 보는 허연 뼈가, 그리고 살 안쪽에서 비어져 나오는 연노란색의 비지 같은 무언가가 더 무서웠다.

왼손을 펴서 검지를 살펴봤다. 검지 첫째 마디에 보일 듯 말 듯한 꿰맨 자국이 있었다. 내가 사과를 싫어하는 이유, 칼질이 어설픈 이유. 그런 것들은 모두 여섯 살 때의 트라우마가 내 안에 가라앉아 있었기 때문일까? 어째서 이런 강렬한 기억을 잊고 있었던 걸까? 어떻게 지금 기억이 난 걸까? 가만, 저 커피… 기억의 커피… 혹시, 저 커피 때문에?

나는 테이블 위에 둔 빈 캔을 집어 들고 포장을 자세히 살폈다. 성분표시 아래쪽에 화장품 샘플에 쓰여있는 글씨보다 작은 경고문이 보였다.

경고: 과거의 기억이 돌아오면, 현재의 기억이 사라집니다.

이건 또 뭔 개소리냐고 지나가기에는 논리적으로 설명할 수 없는, 기묘한 확신이 들었다. 기억의 커피를 마시면 과거의 기억이 돌아오고, 현재의 기억이 사라진다. 등가교환 같은 건지도 모른다. 차가운 캔을 손으로 만지작거리는데 핸드폰이 진동했다. 남자 친구가 보낸 메시지였다. 남자 친구와는 사귄 지 석 달째에 접어들었다. 슬슬 다음 진도를 나가고 싶은지 요즘 매일 기프티콘을 주고 애정 공세를 하느라 난리다. 오늘은 뭘 보냈으려나. 궁금해하며 메시지창을 열었다.

- 유영아, 몸 좀 괜찮아?

몸이 괜찮냐니, 아픈 적도 없는데 무슨 헛소리를 하는 건지.

- 뭐?

- 아니, 어제 너무 무리했나 싶어서.

메시지창에서는 찹쌀떡을 닮은 하얀 토끼가 열심히 하트를 보내고 있다. 무리했다니, 여전히 무슨 말인지 알 수 없다. 어제는 야근도 하지 않았다.

- 어제? 왜?

- 뭐야, 장난하지 말고.

- 장난이라니? 너야말로 무슨 소리야?

메시지 옆의 1이 사라졌지만 남자 친구에게서는 답이 오지 않았다. 가뜩이나 이상한 커피를 마시고 신경이 날카로운데 남자 친구가 긁는 것까지 받아줄 여력은 없다. 핸드폰을 침대 위로 던지려는데 다시 톡이 왔다.

- 너 왜 이래? 나랑 잔 거 후회해?

- 뭐? 내가 너랑 자?

답을 보내자마자 핸드폰이 진동했다. 나는 통화 버튼을 눌렀다. 나야. 남자 친구의 낮은 목소리가 들렸다. 흥분을 억지로 누른 듯한 목소리였다.

"유영아, 왜 그래? 내가 뭐 잘못한 거 있어? 어젯밤에 우리 좋았잖아."

과거의 기억이 돌아오면, 현재의 기억이 사라집니다. 남자 친구가 허무맹랑한 거짓말을 하는 게 아니라면, 내가 잃은 현재의 기억은… 팔뚝에 오톨도톨 소름이 돋고 목덜미에 솜털이 곤두섰다.

"미안, 나 좀 피곤해서. 내일 통화하자."

급하게 전화를 끊었다. 나는 커피 캔을 노려보며 상황을 파악하려 애썼다. 손을 벤 기억이 과거의 기억이고, 남자 친구와 잤던 기억이 현재의 기억이라면 저 경고문은 참이다. 왼손을 들어 검지 마디에 새겨진 흉터를 관찰했다. 정말 여섯 살 때 사과를 깎다 손을 베였는지 확인하기 위해 엄마에게 전화를 걸었다. 신호만 가고 받지 않았다. 벌써 열한시였다. 수면유도제를 먹고 자는 엄마는 자기 전에 핸드폰을 무음으로 설정해 둔다. 내일이 될 때까지 판단을 보류하자.

...

눈을 떠보니 외출복을 입은 채 거실 바닥에 누워 있었다. 엄마에게 전화를 걸고 나서 바로 잠이 들었나 보다. 시계를 봤다. 오전 일곱시 사십분. 엄마가 일어나려면 한 시간은 더 기다려야 한다. 서둘러 출근 준비를 하고 집을 나섰다.

오전 내내 마라톤 회의가 이어졌다. 엄마랑 통화는커녕 화장실 갈 시간도 없었다. 점심시간이 되어서야 엄마한테 전화할 수 있었다.

"엄마, 나 손 벤 거 여섯 살 때 맞아? 학교 들어가기 전이었지?"

"어? 뜬금없이 그게 무슨 소리야?"

"나 어릴 때 엄마 한눈판 사이에 사과 깎다가 손 다쳤잖아. 그거 갑자기 기억나서."

"그런 기억이 났다고? 정말?"

"응. 엄마는 기억 안 나?"

"글쎄, 엄마는 잘 모르겠는데?"

거짓말이다. 엄마는 거짓말을 잘하는 사람이 아니라 목소리에서 금세 티가 난다. 게다가 몹시 허둥대는 게 수화기 너머로도 느껴졌다. 미안해서 그러나? 벌써 26년이나 지난 일인데? 이상했다. 엄마라면 그게 어떻게 기억났냐며 소녀처럼 신기해할 줄 알았다.

뭔가 감추고 있는 듯한 태도 때문이었을까. 오후 내내 엄마와의 통화를 곱씹어 봤다. 업무가 손에 잡힐

리가 없었다. 어젯밤 바닥에서 잠을 자서 그런지 몸살 기운까지 몰려왔다. 그러고 보니 커피를 마셨는데 잠을 설치는 게 아니라 오히려 기절하듯 잠들어버렸다. 집에 가면 성분을 다시 확인해 봐야겠다.

모니터 창에 업무 파일을 띄워놓고 핸드폰으로 기억의 커피를 검색했다. 역시 관련된 내용은 찾을 수 없었다. 뭐라도 건지고 싶어 기억, 이라는 키워드로 이것저것 찾아봤다. 우연히 기억의 여신에 관한 내용을 볼 수 있었다.

기억의 여신 므네모시네. 머리 가운데 있는 횃불은 영혼의 불꽃을, 활짝 펼쳐진 날개는 신성함을 상징한다.

18세기 프랑스 화가 프뤼동이 그린 므네모시네는 기억의 커피 로고를 똑 닮아있었다. 기억의 여신에게 단서가 있을까, 여러 자료를 찾아봤지만 별다른 연결점은 없는 것 같았다.

저녁 여섯시가 되자마자 퇴근했다. 온몸의 피부

를 바늘로 찌르는 듯한 기분이라 택시를 잡아탔다. 퇴근 시간이라 차가 막힐 테지만 일단 뒷좌석에 등을 기대고 눈을 감았다. 서다 멈추기를 반복하는 차 안에서 왼손 검지의 손마디를 만지작거렸다. 기억과 함께 그때의 아픔도 되살아난 듯 미미한 통증이 느껴졌다. 설마, 신경성이겠지. 눈을 뜨고 흉터를 들여다보는데 핸드폰이 진동했다. 남자 친구였다.

"어디야? 저녁 먹자."

"나중에. 지금 몸 안 좋아서 택시 타고 가는 중."

"야, 너 진짜 나 피하는 거야?"

"아니야. 좀 봐줘."

"그래? 병원은 갔어?"

"문 닫았겠지."

"내가 약 사다 줄까?"

"됐어."

할 만큼 했다. 일방적으로 전화를 끊자 남자 친구에게서 계속 톡이 왔지만 무시했다. 그저 집에 가서 자고 싶은 생각뿐이었다.

집에 도착했을 때 잠자기는 글렀다는 걸 알았다. 택배가 와있었다. 내가 주문하지도 않은 택배 상자에는 취급주의 스티커가 붙어있었고, 기억의 커피라는 남색 글씨가 조잡하게 인쇄되어 있었다. 보낸 사람도, 받는 사람도 없었다. 누군가 집 앞에 놓고 갔다는 얘기다. 어제 편의점 앞에서 만났던 남자일까? 도대체 내게 왜 이런 짓을 하는 걸까?

머리로는 만지지 말고 내버려두자고 생각하면서도 호기심과 오기가 발동했다. 제법 무거운 상자를 끌고 집으로 들어왔다. 상자 안에는 24개의 캔 커피가 가지런히 들어있었고, 위에는 A4 종이 한 장이 덮여 있었다.

기억하고자 하는 자 망각할 것이오,
망각하고자 하는 자 기억할 것이니.

주의사항. 하루에 한 캔만 마실 것.

나는 캔 커피를 손에 들었다. 차가운 금속의 감촉이 손바닥 안쪽까지 전해오는 듯 뼈가 시렸다. 성분표시를 자세히 살피려는데 갑자기 핸드폰이 진동하는 바람에 들고 있던 캔을 떨어뜨렸다. 엄마였다.

"응. 엄마."

"낮에 네 전화 받고 생각해 봤는데 기억이 나는 것도 같아서. 그거, 엄마가 잠깐 안 본 새에 그런 거야."

"그래? 그럼 그런 사고가 있었다는 거지? 근데 왜 난 까맣게 잊고 있었지?"

"너… 혹시 딴 기억은 안 나니?"

"응?"

"여섯 살 때 다친 기억이 갑자기 났다며. 딴 기억은 안 났냐고."

"어? 손가락 다친 거 말고 또 무슨 일 있었어?"

"아니, 아니다. 저녁 먹었니?"

"아직."

"그래. 밥 잘 챙겨 먹고. 끊는다."

엄마가 무언가에 쫓기는 사람처럼 급하게 전화를 끊었다. 딴 기억은 나지 않느냐고? 내가 기억해야 할, 아니 기억하면 안 될 사건이라도 있나? 엄마의 말이 아니었다면 나는 기억의 커피를 또다시 마시지는 않았을 것이다. 무엇 때문인지 몰라도 엄마는 두려워하고 있었다. 그 기억이 엄마가 가진 판도라의 상자인지도 모른다. 판도라의 상자는 누구나 열기 마련이다. 설령 상자 안에 희망이 남아있지 않다고 하더라도.

이제 성분 따위 중요하지 않다. 이 커피를 마시고 과거의 기억을 찾을 수 있다면. 나는 캔 커피의 뚜껑을 땄다. 어김없이 후각을 홀리는 짙은 향이 뿜어져 나왔다. 단숨에 250mL를 목으로 넘겼다. 아이스크림을 급하게 먹었을 때처럼 가벼운 두통이 일더니, 기억의 문이 열렸다. 이번에는 노랫소리로 기억이 시작되었다. 어떤 아이가 뒤통수를 보인 채 노래를 부르고 있었다.

별과 나비가 한 쌍이듯

구름과 하늘이 한 쌍이듯
너와 나는 영원히 한 쌍이야.

아이가 나를 돌아보며 웃었다. 나였다. 뭐? 내 기억인데 왜 내 모습이 보이는 거지? 유체이탈이라도 했던 기억인가 싶어 혼란스러웠다. 다음 순간 내 손이 보였다. 왼손 검지에 붕대를 감은 손. 다친 지 얼마 되지 않았을 때인가? 그렇다면 저 아이는 누구지? 아이가 내게 김밥을 내밀었다. 엄마가 만들어서 피라미드처럼 쌓아놓은 김밥이었다. 엄마는 손이 커서 요즘도 김밥을 싸면 테이블 위에 피라미드처럼 쌓아놓곤 한다. 다시금 관자놀이를 찌르는 듯한 통증에 눈을 감았다가 떴다.

장면이 바뀌었고, 나랑 똑같이 생긴 아이가 내게 인형을 내밀었다. 나는 인형의 머리를 잡아뗐다. 아이가 울었다. 얼굴이 빨개진 채 콧구멍을 벌렁거리며 눈물을 흘리는 모습이 웃겨서 나는 아이가 가지고 있던 나머지 인형도 빼앗아 머리를 뗐다. 아이가 울음을 뚝

그치고 내 머리를 잡아당겼다. 나도 울기 시작했다.

기억은 더 이상 이어지지 않았다. 피식, 웃음이 나왔다. 애당초 기억의 커피 따위 있을 리가 없다. 십분 양보해 기억의 커피라는 게 뇌 어딘가를 자극해 기억을 떠올리게 만든다 해도 도플갱어도 아니고 나랑 똑같이 생긴 아이가 세상에 존재할 수는 없을 테니까. 요즘 일에 치여 너무 예민해져 있었나 보다. 어제는 어쩌다 손 다친 기억이 떠올랐지만, 오늘 이건 내 기억일 리가 없다.

혹시 저 커피에 마약류의 환각 성분이 들어있는 게 아닐까? 하루에 한 캔만 마시라는 것도 그런 이유일 것이다. 공연히 이상한 일에 휘말리기 전에 내다 버려야겠다고 생각하는데 베란다 창 너머로 편의점 앞에 서있는 사람이 보였다. 중절모를 쓰고 트렌치코트를 입은 남자. 어제 내게 커피를 준 남자였다. 허겁지겁 계단을 뛰어 내려왔지만 남자는 사라지고 없었다. 멀리 가지 못했을 것 같아 좁은 주택가 골목 이곳

저곳을 둘러봤다. 어디에도 남자의 모습은 남아있지 않았다.

...

거실 창으로 들어오는 햇빛에 눈을 떴다. 오늘은 아예 신발도 벗지 않고 거실 입구에 쓰러져 있었다. 차가운 거실 바닥에 눌려 어깨며 목이 뻐근했다. 좀처럼 몸을 일으킬 수가 없었다. 뿌옇게 흐려진 머릿속에 어젯밤의 기억이 떠올랐다.

남자를 발견하고 다짜고짜 내려갔다가 허탕을 치고 계단을 올라오면서부터 숨이 가빠지고 시야가 일렁거렸다. 어떻게 현관의 비밀번호를 누르고 들어왔는지도 모르겠다.

기어서 침대에 가고 싶은 마음이 간절했지만 억지로 일어나 욕실로 갔다. 옷도 벗지 않고 샤워기 아래 서서 물을 맞았다. 뜨거운 물줄기가 쏟아지고 있는데도 뼛속으로 칼바람이 스며드는 느낌이 들었다. 헛구역질도 나는 게 과음한 다음 날처럼 몸 상태가 말이 아니었다. 연차를 내야 하나 고민하다가 이내 포기했다. 오전에 중요한 회의가 있었다. 상한 비늘처럼 몸에 달라붙은 옷을 걷어내고 서둘러 출근 준비를 했다.

오전 열시, 회의 시간이 되었다. 평소처럼 노트북을 들고 회의실로 들어갔다. 각자의 자리에 따뜻한 아메리카노가 놓여있었다. 이제는 커피 향만 맡아도 토할 것 같아 은근슬쩍 옆자리로 밀어놓았다. 오늘 회의 주제는 새롭게 런칭하는 모바일앱의 홍보 방안에 관한 것으로, 사업별 본부장들이 참석한 자리였다. 신규 서비스고 뭐고 여성 휴게실에 가서 쉬고 싶은 마음이 간절했으나 어림없었다. 팀장의 발표 내용이 하나도 머리에 들어오지 않았지만, 간신히 노트북을 들여다보며 집중하는 척했다.

"송 대리, SNS에서 홍보는 어떻게 한다고 했었지?"

회의가 반쯤 진행됐을 때였다. 팀장이 돌연 내 쪽을 보며 물었다. SNS 홍보? 그걸 왜 나한테 물어보지?

"네?"

"SNS 홍보 방안, 송 대리가 만들었잖아? 그 부분은 직접 설명하는 게 좋을 것 같은데."

내가 SNS 홍보 방안을 작성했다고? 젠장, 전혀 기억나지 않아.

"아, 저… 그게… 제가 자료를 좀 찾아봐야 할 것 같은데요."

목소리가 점점 작아져서 나중에는 목 안에서만 웅얼거리는 것처럼 들렸다. 팀장이 내게 눈을 부라리더니 본부장들에게 양해를 구하고 다음 발표를 이어갔다. 그사이 탐색기에 SNS 홍보, 라는 키워드를 넣어 봤다. 홍보 방안을 적은 PPT 파일이 있었다. 내가 작성한 기억이 없는 파일이었다. 내 노트북을 다른 사람이 썼을 리는 없다. 순간 커피 캔의 경고 문구가 떠올랐다.

과거의 기억이 돌아오면, 현재의 기억이 사라집니다.

아무래도 단순한 환각 같은 게 아니었나 보다. 남자 친구와의 섹스라면 기억하지 못해도 상관없지만 업무와 관련된 기억이 지워진다면 곤란하다. 파일을 찬찬히 살펴보며 기억을 떠올리려 노력했지만, 헛수고였다. 기억상실증이나 치매에 걸리면 이런 기분일까?

"송 대리, 사람이 왜 그렇게 맹해? 그래서 올해 과장 승진할 수 있겠어?"

회의가 끝나고, 팀장이 내 뒤를 지나가며 일갈했다. 나는 돌아보지 않은 채 고개를 숙였다. 사람들이 회의실에서 어슬렁거리며 나갈 때까지 죄인처럼 꼼짝하지 않고 앉아있었다. 귓가에는 어제의 노랫소리가 끊임없이 맴돌았다.

별과 나비가 한 쌍이듯
구름과 하늘이 한 쌍이듯
너와 나는 영원히 한 쌍이야.

노랫소리가 점점 커졌다. 도저히 퇴근 시간까지

견딜 수 없을 것 같았다. 회의실에서 나와 머뭇머뭇 팀장의 자리로 갔다.

"팀장님, 저 조퇴… 해야 할 것 같아요."

"조퇴를? 왜?"

"몸이 안 좋아서요."

"그래? 그러심 푹 쉬어야지. 맞다. 차라리 연차를 내지 그랬어? 그럼 회의 시간에 망신당할 일도 없었을 텐데 말이야."

팀장이 '나 지금 빈정대는 거야. 아무리 눈치 없는 너라도 이 정도는 알아듣겠지.'라는 태도로 말했다.

"죄송합니다."

"얼른 가고 사유서는 내일 써서 올려."

"알겠습니다."

팀장이 내 어깨를 툭 쳤다. 나는 기분 나빠할 틈도 없이 짐을 챙겨 밖으로 나왔다. 택시를 타면 멀미를 할 것 같아 지하철역까지 걸어가기로 했다. 회사에서 멀어질수록 무언가에 쫓겨 달아나듯 걸음이 빨라졌다. 벌어진 입안으로 찬바람이 들어와 입이 바싹 말랐다. 목마르지? 어서 기억의 커피를 마셔. 내 안에서 낯선 목소리가 속삭였다. 노래를 부르던 아이의 목소리 같기도, 기억의 커피를 건네준 남자의 목소리 같기도 했다. 하지만 기억의 커피 따위 두 번 다시 마시고 싶지 않았다. 가장 먼저 눈에 띈 편의점으로 들어가 생수를 샀다. 계산을 마치고 나오기도 전에 뚜껑을 따서 들이켰다. 입안에 산을 들이부은 느낌이었다. 그대로 뱉어내고 생수병을 다시 확인했다.

"손님, 왜 그러세요?"

"아, 이거… 생수 맛이 이상해서요."

편의점 직원에게 생수를 내밀었다. 그는 인상을 쓰며 나를 보더니, 냉장고로 가서 새 제품을 갖다주었다.

"아, 아니에요. 괜찮아요."

손을 내저으며 편의점에서 나왔다. 그리고 바로 옆의 카페로 들어갔다. 타는 듯한 갈증을 해결해 줄 음료가 필요했다. 커피만 아니라면 아무래도 상관없을 것 같아 아이스티를 주문했다. 하지만 역시 마실 수 없었다. 빨대로 입에 조금 머금었을 뿐인데도 혀가 말려들 것처럼 쓴맛이 덮쳐와 뱉어내야 했다. 어쩔 수 없이 마른침을 삼키며 지하철역으로 걸음을 재촉했다.

점심시간이 시작되기 전이라 그런지 지하철 안은 한산했다. 빈자리에 앉아 검은 창밖을 멍하니 바라봤다. 내가 왜 이런 일을 당해야 하는지. 눈시울이 뜨거워졌고 곧 눈물이 흘러내렸다.

집에 들어오자마자 주방으로 가서 냉장고를 열어젖혔다. 그리고 2L 생수를 병째로 들이켰다. 물이 목구멍으로 바로 넘어가며 식도가 타들어 가는 느낌이 들었다. 가슴을 움켜쥐고 거실 바닥을 기어갔다. 이 갈증을 멈출 방법은 한 가지밖에 없다. 나는 상자에서 캔 하나를 집어 뚜껑을 땄다. 매혹적인 커피 향이고 나발이고 중요한 게 아니었다. 그저 가슴 속의 불을 끄기 위해, 뭔지 모를 저주받은 액체를 벌컥벌컥 마셨다. 더는 믿을 수 없는 과거의 기억을 얻고 싶지도, 현재의 기억을 잃고 싶지도 않았지만 내장이 타들어 가 죽을 수는 없는 일이었다.

쓰읍, 마지막 한 방울을 빨아들이자 영상이 없는, 소리뿐인 기억이 떠올랐다.

유영아, 유영아.

암흑 속에서 나를 부르는 목소리가 들렸다. 나와 똑같이 생긴 아이의 목소리.

야, 송유진. 너 왜 자꾸 나 불러?

내 목소리가 그 아이를 송유진이라고 불렀다. 송유진이라고? 송유진과 송유영. 나는 그 아이와 쌍둥이였나? 내게 쌍둥이 자매가 있었다고? 그런데 왜 그 아이에 대한 기억이 하나도 없을까? 왜 사진조차 본 적이 없지? 엄마는? 왜 단 한 번도 쌍둥이 자매에 대해 말하지 않았을까? 엄마가 말한 다른 기억이란, 혹시 쌍둥이에 대한 기억을 말하는 걸까?

아주 작고 까만 벌레들이 뇌 주름 사이사이에 박혀 꼬물거리는 느낌이었다. 할 수만 있다면 두개골을 열고 뾰족한 손톱으로 뇌 주름 사이를 벅벅 긁고 싶었다. 모든 기억을 찾으면 가려움도 사라질 거야. 또다시 낯선 목소리가 말했다.

기억이 더 필요하다. 나는 주의사항을 무시하고 캔 커피를 땄다. 잠시 망설이다가 단숨에 마셨다. 다음 순간 나는 구멍 앞에 서있었다. 정확히는 구멍 앞에 서있는 기억이 난 거였지만, 너무나 생생해서 내가 기억 속의 한 장면으로 빨려 들어간 것처럼 느껴졌다. 이건, 맨홀 구멍인가?

노란 장화를 신은 내 발이 보였다. 우비 위로 세찬 비가 쏟아졌다. 나는 맨홀 안을 내려다봤다. 맨홀 바닥에는 기이한 각도로 목이 틀어진, 또 하나의 나, 나의 쌍둥이 동생이 있었다.

으악, 나는 비명을 지르며 기억 밖으로 튕겨 나왔다. 닫혀 있던 기억의 문이 활짝 열렸다. 물론 열어서는 안 될 문이었다.

나는 아홉 살 때 사람을 죽였다. 내 쌍둥이 동생을.

내가 태어나고 정확히 1분 57초 후 유진이 태어

났다. 모든 쌍둥이의 운명이 그렇듯 우리는 우리가 가진 모든 것을 공유했다. 태어나기 전에는 엄마의 자궁을, 태어난 뒤에는 엄마의 젖을 공유했다. 자라면서 먹을 것, 입을 것을 공유했다. 엄마는 항상 우리를 위해 똑같은 옷을 두 벌 샀다. 나는 다른 색 옷을 사달라고 했지만 소용없었다. 똑같은 양말을 여러 켤레 사면 짝을 맞추느라 신경 쓸 필요가 없듯 똑같은 옷과 신발을 사는 게 여러모로 편리하다고 했다. 당연히 우리는 시간과 장소마저 공유해야 했다.

자의식이라는 게 생기면서부터 나는 쌍둥이라는 사실이 싫었다. 나랑 똑같이 생긴 생물이 징그러웠다. 생김새는 나와 같았지만 그게 전부였다. 유진과 나는 통하는 구석이 전혀 없었다. 그 애는 툭하면 울음이나 터뜨리고, 시시한 일에도 웃기나 하고, 일곱 살이 되어서도 엄마 품에 매달려 어리광을 부렸다. 그리고 그 노래, 내가 엉터리로 만들어낸 노래를 항상 불렀다. 애당초 벌이 많은 꽃밭에는 나비가 없고, 구름은 하늘을 가리는 존재다. 하지만 그 애는 노랫말에 의문을 품지 않았다. 우리의 주제가라며, 너와 나는 영원히 한 쌍이라며 치근덕댔다. 나와 같은 유전자를 가진 아이가 어떻게 그렇게까지 멍청할 수가 있을까? 그 애는 내게 수치였다. 그래도 죽일 생각은 없었다. 물론 초등학교에 입학하고 나서 증오가 예전과 비교할 수 없을 만큼 커지긴 했다. 반 아이들이 내게 유진아, 라고 부를 때마다—그리고 나서 어, 유영이구나, 라며 실망한 얼굴로 돌아설 때마다—그 애가 없어졌으면 좋겠다고 신이 아닌 누군가에게 기도했다.

그리고 누군가가, 내 기도를 들어주었다.

장마가 시작되던 무렵이었다. 유진과 나는 노란 장화를 신고, 노란 비옷을 입고, 빨간 우산을 들고, 파란 물방울무늬가 있는 비옷을 입고 학교에 갔다. 아침이었지만 하늘을 뒤덮은 먹구름 때문에 해 질 무렵처럼 어두웠다. 찰박찰박, 물웅덩이를 골라 가며 걸어가고 있을 때였다. 길모퉁이에 시커먼 구멍이 입을 벌리고 있었다. 뚜껑이 열린 맨홀이었다. 와, 깊다. 정말 깊지? 서로 이런 말을 하며 들여다보다가 충동적으로 그 애의 등을 떠밀었다. 우리는 구멍에 반쯤 발을 걸치고 서있었으므로 많은 힘을 들일 필요도 없었다. 퍽, 그 애가 바닥에 닿았을 때 천둥보다 큰 소리가 났다. 아마도 머리가 터지는 소리였던 것 같다. 나는 울기 시작했다. 심장이 터질 듯 요동쳐서, 이러다 나도 죽어버리는 게 아닐까, 두려워 울었다. 아무도 내가 그 애를 죽였다고 생각하지 못했다. 불행한 사고라고 믿었다. 그러나 나는 여전히 두려웠다. 그날 이후 유진의 유령이 보이기 시작했기 때문이다. 유진의 유령은 살아있을 때처럼 나를 졸졸 따라다녔다.

엄마, 유진이가 보여.

나는 밥을 먹을 수도 잠을 잘 수도 없었다. 엄마는 나를 소아정신과에 데리고 갔다. 검사 결과 내 뇌에는 아무 문제가 없었다. 그런데도 건널목을 지날 때면 극도로 긴장했다. 유진의 유령이 나를 떠밀 것만 같았다. 바닥에 맨홀이 있는지 살피느라 늘 고개를 숙이고 다녔다. 그러나 유진의 유령은 그림자처럼 내 곁에 머물러있을 뿐이었다. 피로 얼룩진 노란 비옷을 입고, 비틀어지고 터진, 참혹한 모습으로.

하나 남은 딸마저 죽을까 봐 전전긍긍하며 방법을 찾아보던 엄마는 최면으로 기억을 지울 수 있다는 사실을 알게 됐다. 그리고 내게서 그날 이전의 기억을 전부 지워버리기로 했다. 기억이 지워짐과 동시에 유진의 유령도 사라졌다.

나는, 기억이 사라진 채 지난 23년을 살아온 것이다.

콧물이 주르륵 흘러나왔다. 티슈를 뽑아 코를 풀다가 콧물이 아니라는 걸 알았다. 티슈를 코밑에 댄 채 거울을 보았다. 아주 맑은 연노란색 액체가 오른쪽 콧구멍에서 줄줄 흘러나오고 있었다. 설마 뇌척수액이 흘러나오는 건가? 머릿속에서 꾸물거리던 벌레들이 몸을 비틀며 폭발하는 것처럼 눈앞에 섬광이 번쩍거렸다.

나는 택배 상자에 있던 종이를 집어 들었다. 하루에 한 캔만 마시라고 쓰여있었지, 더 마시면 어떻게 되는지는 없었다. 티슈가 다 젖고, 목을 타고 흘러내린 액체가 티셔츠를 적셨다. 119를 불러야 한다. 현관 앞에 내려놓은 가방으로 손을 뻗었지만 닿지 않았다.

...

초인종 소리가 들렸다. 반쯤은 기절한 상태로 내가 살았는지 죽었는지조차 알 수 없는 혼란 속에서 거실 바닥에 엎드려있을 때였다. 누구지? 엄마? 엄마는 비밀번호를 알고 있는데….

"누구세요."

간신히 목소리를 짜내어 물었다.

"야, 나야. 어떻게 된 거야? 문 좀 열어봐."

남자 친구의 목소리였다. 나는 남자 친구와의 기억을 재빨리 떠올렸다. 3개월 전에 소개로 만나 지금까지 무난하게 사귀는 중이다. 남자 친구와의 기억이 남아있는 걸 보니 최근의 기억이 전부 사라진 건 아닌가 보다.

"유영아, 문 좀 열라니까."

남자 친구가 문을 두드리며 재촉했다. 시계를 봤다. 여덟시 오십분이었다. 기껏해야 한 시간 정도 지난 줄 알았는데 반나절이 뚝 끊어진 것처럼 지나버린 것이다.

"어, 잠깐만."

몸을 털고 일어나 신발장에 달린 거울을 봤다. 얼굴과 티셔츠가 엉망이었다. 세면대로 가서 얼굴을 대충 씻어내고 옷방에서 손에 잡히는 티셔츠로 갈아입은 다음, 현관문을 열었다. 남자 친구는 들어오자마자 나를 덥석 안았다.

"어우, 진짜. 아프다던 애가 전화도 안 받고 내가 얼마나 걱정한 줄 알아?"

지나친 애정 표현이다 싶었지만 귀찮기보다는 반가웠다.

"들어와. 들어와서 얘기해."

"어떻게 된 건데?"

남자 친구가 스니커즈를 벗고 안으로 들어왔다.

그렇지 않아도 누구에겐가 기억의 커피에 대해 털어놓고 싶었던 차라, 깊이 생각할 틈도 없이 불쑥 말이 튀어나왔다.

"나, 기억을 잃었어."

"뭐? 정말?"

"응."

"그날 술도 안 마셨는데?"

"그날? 언제?"

"너 정말 기억 잃었어? 사흘 전에… 너랑 나랑…"

남자 친구는 의구심을 가득 품은 얼굴로 나를 뜯어보며 말끝을 흐렸다.

"너랑 나랑 뭐?"

하아, 남자 친구가 한숨을 내쉬고는 말했다.

"아니야. 너부터 얘기해."

"사실은… 내가 이상한 커피를 마셨어."

"이상한 커피? 무슨 커피?"

"기억이 돌아오는, 아니 기억이 사라지는 커피."

내 말에 남자 친구의 얼굴이 구겨진 캔처럼 일그

러졌다. 하긴 내가 남자 친구라도 개소리하지 말라고 할 것 같긴 했다. 하지만 내게는 증거가 있다. 나는 캔 커피 상자를 끌어와 남자 친구 앞에 놓고, 캔 한 개를 꺼내 그의 눈앞에 들이댔다.

"이게 뭐? 그냥 커피잖아."

"잘 봐. 이런 커피 본 적 있어? 기억의 커피."

"기억의 커피? 장난하냐?"

"무슨 소리야? 여기 쓰여있잖아. 보고도 안 믿어주는 거야?"

"어디에 뭐가 쓰여있다는 건데? 이거 그냥 편의점에서 파는 싸구려 커피잖아."

남자 친구의 미간에 잡힌 주름이 점점 깊어졌다. 나도 마찬가지 얼굴을 하고 있으리란 걸 거울을 보지 않아도 알 수 있었다.

"아니, 좀 자세히 봐봐. 여기 기억의 커피 로고 안 보여? 이게 기억의 여신이라니까."

그가 캔을 빼앗듯 가져가더니 굳어진 얼굴로 노려봤다. 그러고는 거실 바닥에 딱 소리가 나게 캔을 내려놓았다.

"야, 송유영. 그냥 헤어지자고 해도 돼."

"뭐?"

"나랑 했던 게 그렇게 별로였음 헤어지자고 해. 미친척하지 말고."

"어? 너랑 나랑 해?"

"아, 너 진짜!"

"오해하지 마. 기억을 잃었다니까."

"아, 그러시겠지."

남자 친구는 내 말에 귀 기울일 생각이 없어 보였다. 그래도 한 번 더 설득해 보고 싶었다. 나는 그가 내려놓은 캔 커피를 다시 집어 들었다.

"잘 좀 보라니까. 넌 그럼 이게 뭐로 보이는데?"

"네가 보는 거랑 똑같이 보이겠지."

"근데 이 글자가 안 보인단 말이야?"

남자 친구가 눈을 부라리며 무언가 말하려다 스니커즈를 구겨 신고 밖으로 나갔다. 도무지 이해할 수 없어 쫓아 나가려는데 문밖에서 재수 없는 년, 이라는 말이 들렸다. 손잡이를 향해 뻗던 손이 힘없이 내려갔다.

말도 안 돼. 싸구려 커피라니 그럴 리가 없잖아. 이렇게 기억의 커피라고 쓰여있는데 왜 시치미를 떼지? 아, 알았다. 무서웠던 거야. 뭔가 심상치 않으니 무서워서 피하는 거라고. 나쁜 놈. 내 편이 되어준다더니 전부 사탕발림이었어? 돌연 주체할 수 없는 화가 치밀었다.

베란다로 가서 아래를 내려다봤다. 마침 남자 친구가 우리 집 창 아래를 지나가고 있었다.

"야, 이 미친 새끼야!"

남자 친구가 걸음을 멈추고 나를 올려다봤다. 나는 그를 향해 캔 커피를 던졌다. 다분히 충동적인 행동이었는데 캔이 이상한 각도로 포물선을 그리더니 그의 머리에 정통으로 맞았다. 몇 초간 멍하니 서있던 그는 두어 걸음 가다가 봉제 인형처럼 옆으로 픽 쓰러졌다. 초점을 잃은 눈으로 수조에서 꺼내놓은 물고기처럼 입을 버끔거렸다. 설마, 죽는 건 아니겠지? 현관으로 달려가는데 등 뒤에서 목소리가 들렸다. 마치 살아있는 사람처럼 또렷하게 울리는 목소리였다.

어차피 저 남자는 죽어. 겁먹을 거 없어. 사람 죽인 거 처음도 아니잖아?

보고 싶지 않았지만, 목에 줄이 메인 듯 고개가 뒤로 돌아갔다. 거기에는 유진의 유령이 서있었다. 목이 기이한 각도로 꺾인 채 입에서 검은 피를 흘리는 유령은, 지금의 나와 똑같이 생겼다.

넌 아홉 살에 죽었잖아. 왜 나랑 같은 모습을 하고 있는 거야?

나는 뒷걸음질 치며 비명을 내질렀다. 그러나 유령은 내 앞으로 바싹 다가와 서늘한 기운을 내뿜는 얼굴을 들이밀었다.

기억해 줘서 고마워. 언젠가 기억해 낼 줄 알았어. 우린 영원히 한 쌍이니까.

유진의 유령이 꺾어진 팔로 나를 끌어안았다. 기억이, 유진의 기억이 스며들어 곰팡이처럼 뇌를 뒤덮었다. 검은 맨홀 바닥으로 내동댕이쳐지던 고통이, 마지막 숨을 들이쉴 때 맡았던 지독한 하수구 냄새가, 핏덩어리가 넘어와 숨통을 막던 감촉이…. 입술이 저절로 달싹거리더니, 내 입에서 노래가 흘러나왔다.

벌과 나비가 한 쌍이듯
구름과 하늘이 한 쌍이듯
너와 나는 영원히 한 쌍이야. ■

자판기와 철용 씨

그는 지하철 3호선 Y역에 있는 스낵 자판기였다. 승강장의 한구석에서 묵묵하고 성실하게 제 소임을 다하는 평범한 녹색 자판기 말이다.

하지만 단순히 평범한 자판기라고 할 수만은 없었다. 그는 전국에 212대밖에 설치되어 있지 않은 비교적 희귀한 자판기였고, 스스로도 그러한 사실에 약간의 자부심을 갖고 있었다. 고작 캔 음료나 내어주는 자판기들과 달리 11번부터 73번까지 무려 63개의 상품을 팔고 있다는 것에도 긍지를 지녔다.

그는 대부분의 시간을 지하철에 오가는 사람들을 지켜보며 보냈다. 지루하고 참을성이 필요한 일이었다. 그러나 사람들이 다가와 그의 가슴께에 있는 번호를 꼭꼭 누를 때면, 한순간 모든 권태로움이 사라지고 잔잔한 흥분이 그를 감쌌다. 사람들이 누른 번호의 상품을 정확히 집어 배출구에 떨어뜨리기까지의 시간, 그 시간 동안 인형 뽑기를 하는 아이의 눈으로 기다리는 사람들의 얼굴을 보는 일이란!

출근 시간이 되면 전날 밤의 회식으로 술 냄새를 풍기는 회사원이 껌을 골랐고, 늦은 오후에는 학교를 마치고 집으로 가던 학생이 에너지바를 고르곤 했다. 어린아이의 손을 잡고 오는 어머니들도 종종 있었다. 그들은 대개 아이를 안아 올려 직접 번호를 누르게 해주었는데, 작고 연한 손가락이 닿을 때마다 그는 기분 좋은 간지러움을 느꼈다.

때로는 안타까운 일도 있었다. 손님이 고른 물건을 그가 미처 배출구에 떨어뜨리기도 전에 지하철이 들어오는 경우였다. 한발 늦게 배출구로 떨어진 상품은 으레 다음 손님의 차지가 되곤 했는데, 마치 복권에라도 당첨된 것처럼 환희에 찬 얼굴로 과자를 집어 드는 사람들은 그에게 또 다른 재미를 안겨주었다.

지하철 역사 안의 공기는 답답했고, 열차가 들어올 때의 소음은 그에게 난청을 안겨주었지만, 그래도 그는 사람들과 더불어 사는 것이 좋았다. 그리고 그에게는 누구보다도 특별한 사람이 한 명 있었다.

바로 철용 씨였다. 귀밑머리가 희끗희끗 세어가는 철용 씨는 다리를 절었다.

철용 씨는 매일 저녁 여덟시 반이 되면 그를 찾아온다. 그의 앞에 구부정하게 서서 열쇠를 그의 배꼽에 찔러 넣는다. (그에게는 몹시 짜릿한 순간이다.) 그런 다음 그의 몸을 활짝 열어젖히고 비어있는 자리에 과자와 음료를 채워 넣는다. 소비기한이 오래 남은 것을 뒤로, 얼마 남지 않은 것을 앞으로 진열하는 것도 잊지 않는다. 소비기한이 지난 상품은 빼고, 주변을 꼼꼼히 청소한다.

바지런히 일을 마치고 나면 철용 씨는 약간은 지친 듯한, 그렇지만 다정한 목소리로 "이눔아, 오늘도 수고했다."라며 옆구리를 툭툭 두드려준다. 철용 씨가 멀어질 때마다 그는 안으로 꺾인 오른발을 가만히 바라봤다. 철용 씨가 다른 사람들처럼 반듯하게 걸을 수 있었다면 목소리에 조금은 더 힘이 들어갔을까, 생각하면서.

철용 씨는 그를 제 자식처럼 돌봐주었다. 그는 자식보다는 연인이 되고 싶었다. 그는 철용 씨를 사랑하고 있었다. 자신을 누구보다 아껴주고, 부족한 것을 채워주고, 하루도 빠지지 않고 찾아오는, 무엇보다 자신의 몸, 내장과 피부를 부드럽게 쓰다듬어주는 법을 아는 사람을 어찌 사랑하지 않을 수 있겠는가.

오늘도 철용 씨는 여덟시 반에 그를 찾아왔다. 철용 씨의 얼굴은 잔뜩 굳어있었고, 일자로 다물어진 입술 사이로 간간이 한숨이 새어 나왔다.

무슨 나쁜 일이라도 있는 걸까. 그의 몸속 보관통을 어루만지는 철용 씨의 섬세한 손길에는 변함이 없었지만, 그는 아무런 쾌감을 느낄 수 없었다. 철용 씨는 끝까지 아무 말도 하지 않았고, 묵묵히 그의 배꼽에 열쇠를 꽂아 돌렸다. 기대했던 '이눔아.' 대신 철컥 하는 잠김음만 들렸다. 철용 씨는 그의 텅 빈 몸속에 상품들만 채워 넣은 것이 아니라 근심까지 얹어두고 인사도 없이 가버렸다.

좀처럼 잠들 수 없는 밤이었다.

...

다음 날 아침, 그는 철용 씨에 대한 걱정으로 집중할 수가 없었다. 그러다 보니 생전 안 하던 실수까지 했다. 12번을 누른 손님에게 13번을 내어주고, 37번을 누른 손님에게는 47번을 내어주는 식이었다. 바쁜 출근 시간, 엉뚱한 상품을 받아 든 사람들은 몇 마디 욕을 내뱉고 지하철 안으로 사라졌다.

오전 열한시쯤이었나. 그는 또다시 실수를 하고 말았다. 물티슈를 선택한 여자에게 초콜릿 과자를 주었으니 이번에는 심각한 실수였다. 여자는 핸드폰을 꺼내 관리자에게 전화를 걸었다. 얼마간의 시간이 지나자, 철용 씨가 다리를 절룩거리며 다가왔다.

그는 저녁이 아닌 시간에도 철용 씨를 볼 수 있

다는 사실이 그저 기뻤지만, 그 기쁨은 잠시였다. 여자는 짜증 섞인 목소리로 철용 씨에게 항의했다. 철용 씨는 자기 나이의 절반도 되지 않을 법한 여자에게 연신 고개를 숙였다. 잘못은 내가 했어요. 너무 그러지 마세요. 그는 외치고 싶었다.

좁은 어깨를 더 좁히고 "죄송합니다."를 연발하는 철용 씨에게 여자는 "됐으니까 빨리 물티슈나 주세요."라고 말했다. 철용 씨는 재빨리 열쇠로 그의 가슴을 열고 물티슈를 꺼내주었다. 물티슈를 빼앗듯이 받아 든 여자가 지하철을 타고 떠나자 철용 씨는 그의 옆구리를 툭, 치며 말했다.

"이눔아, 정신 차려. 너도 나처럼 나이가 들어 깜박깜박하는 거여?"

그는 철용 씨에게 미안하면서도 자꾸만 튀어나오는 웃음을 참을 수가 없었다.

비극은 바로 그날 저녁에 일어났다.

여덟시 반이 되어도 철용 씨가 오지 않았다. 열시

가 되어도, 열한시가 되어도 철용 씨는 나타나지 않았다. 이런 일은 처음이었다. 혹시 오전에 있었던 일 때문에 화가 나서 오지 않는 걸까? 그는 막연한 불안감에 휩싸였다.

초조함에 어쩔 줄 모르고 있을 때, 한 무리의 학생들이 승강장에 내려왔다. 그가 익히 봐왔던 교복을 입은 Y역에서 가까운 고등학교에 다니는 학생들이었다. 다섯 명의 학생은 그에게서 얼마 떨어지지 않은 의자에 앉아 떠들어댔다. 몇몇 단어를 빼고는 내뱉는 말들이 모두 욕설로 이루어진, 흔히 볼 수 있는 무리였다. 두 명은 다음에 들어온 열차를 탔고, 세 명은 여전히 승강장 의자에 앉아 떠들었다.

밤늦은 시간이라 그들을 제외한 다른 사람은 아무도 없었다. 지하철 두 대가 더 지나가고 나자, 녀석들이 어슬렁거리며 그에게 다가왔다. 하나는 야구모자를 쓰고 있었고, 하나는 몹시 마르고 키가 큰, 검은 마스크를 쓴 녀석이었다. 나머지 하나는 곱슬머리였다.

"야, 돈 있냐?"

야구모자가 물었다.

"없는데."

곱슬머리가 말했다.

"너도 없어?"

"없어. 씨발아."

꺽다리는 만사 귀찮다는 눈빛으로 뒤쪽에 서서 말했다.

야구모자는 돈도 넣지 않고, 신용카드도 대지 않고 그의 몸을 툭툭 쳐댔다. 처음엔 손바닥으로, 그다음엔 주먹으로 그리고 더러운 운동화코 끝으로. 그는 기분이 나빴지만 언제나처럼 꾹 참으며 서있었다. 어차피 몇 번 그러다가 가버릴 녀석들이겠거니 생각했다. 그런데 녀석들은 지하철이 한 번 더 지나갈 때까지도 떠나지 않고 그의 근처에서 버티며 시간을 죽였다.

"야, 저 안에 얼마나 들어있을까?"

야구모자가 물었다. 언제나 이야기를 꺼내는 건 야구모자 쪽인 것 같았다.

"글쎄, 한 십만 원?"

곱슬머리가 말했다. 꺽다리는 아예 이어폰을 끼고 의자에 가서 앉아있었다.

"그거밖에 안 들었을까?"

"십만 원이면 감사하지. 천 원짜리 백 개 팔아봐야 십만 원인데, 백 개가 팔리겠냐? 이 동네 사람도 별로 없고 요즘은 다들 카드로 사잖아."

"그럼 얼마 들었나 볼까?"

"어떻게?"

"관리자 불러서."

"뭐?"

"자판기가 우리 돈 먹었다고 하고, 얼마나 들었는지 보자고."

야구모자의 얼굴에 비릿한 미소가 떠올랐다.

녀석들이 나쁜 일을 꾸미고 있다. 할 수만 있다면 철용 씨에게 오지 말라고 하고 싶었다. 녀석들이 관리자 번호로 연락했다. 얼마간의 시간이 지나고 안색이 창백한 철용 씨가 나타났다. 그는 허리춤에서 열쇠를 꺼내 들고 물었다.

"학생들, 자판기가 돈을 먹었어요?"

"네."

"뭐 뽑으려고 했는데요?"

"저거랑, 저거랑, 저거랑, 저거요."

야구모자가 디스코를 추듯 여기저기 찔러댔다. 철용 씨가 어이없다는 표정을 짓는데 야구모자가 곱슬머리한테 "야, 뺏어."라고 외쳤다. 곱슬머리가 철용 씨 손에 들려 있던 열쇠를 잽싸게 낚아챘다.

"학생들, 왜 이러나?"

철용 씨는 열쇠를 도로 찾기 위해 안간힘을 썼다. 녀석들을 필사적으로 막아섰지만 힘이 달렸다. 곱슬머리가 열쇠를 난폭하게 찔러 넣었다.

"이러지 마요. 여기 CCTV 있다고!"

"뒈지고 나서 신고하던가."

언제 왔는지 껑다리가 철용 씨의 뒤에 바짝 다가섰다. 껑다리 손에 들린 길쭉한 물체가 형광등 불빛에 반사되어 번쩍였다.

칼이었다.

"야, 씨발!"

야구모자의 외침과 동시에 꺽다리가 철용 씨의 옆구리를 칼로 찔렀다. 철용 씨는 끄윽, 하는 신음을 내며 바닥으로 무너져 내렸다.

"씨발, 미쳤냐? 왜 찔러?"

얼굴이 허예진 야구모자가 뒷걸음질 쳤다.

"노인네가 시끄럽게 굴잖아."

꺽다리가 어깨를 으쓱하며 고개를 옆으로 기울였다.

"미친 새끼. 일단 튀자."

녀석들이 역을 빠져나갔다. 철용 씨의 옆구리에서 흘러나온 피가 그의 발을 적셨다. 그가 할 수 있는 일이라고는 웅웅 소리를 내며 모터를 돌리는 것뿐이었다.

막차를 타려던 취객이 쓰러진 철용 씨를 보고 놀라 119에 신고했다. 철용 씨는 이미 사망한 뒤였다.

그날 이후, 녀석들은 Y역에 나타나지 않았다. 야

구모자, 곱슬머리, 꺽다리. 그는 녀석들의 얼굴을 잊지 않기 위해 끊임없이 되새기고 또 되새겼다. 특히 꺽다리의 눈매와 항아리 손잡이 같던 귀를.

언젠가는 복수할 날이 찾아올 거라 믿었기에.

철용 씨 다음에 온 담당자는 주민 씨였다. 주민 씨는 항상 새벽 네시 오십분에 그를 찾아왔다. 주민 씨는 손놀림이 거친 사람이었다. 설령 주민 씨가 부드럽게 대해주었다고 해도, 그는 철용 씨에게 가졌던 감정의 백분의 일, 아니 백만분의 일도 느끼지 못했을 것이다.

막차가 끊기고 승강장에 어두운 고요가 찾아오면, 그는 철용 씨를 그리워하며 웅웅, 모터 소리를 냈다.

1년이 지나고, 2년이 지났다. 그는 조금씩 녹슬어 갔다. 지하철의 자판기를 철거한다는 소문도 들렸다. 그럼에도 그는 복수할 날이 반드시 오리라는 믿음을 잃지 않았다.

철용 씨가 죽은 지 3년이 되어가던 날, 그 믿음은 현실이 되었다. 그날처럼 밤늦은 시각, 비쩍 마르고 키가 큰 한 청년이 그의 앞에 섰다. 그는 흐린 눈의 초점을 맞추려 애썼다. 틀림없었다. 마스크를 벗고 있어서 달라 보였지만 그 눈매와 귀는 한 번도 잊어본 적이 없다. 철용 씨를 찌른 놈, 꺽다리였다.

"씨발, 이거 아직도 있네."

꺽다리가 그를 발로 찼다. 그의 몸이 텅, 하고 울렸다.

"내가 이거 때문에 소년원에서 썩은 거 생각하면, 씨발."

텅, 텅. 꺽다리의 발길질이 거세졌다. 급기야 주먹으로도 그를 세게 치기 시작했다. 투명한 플라스틱 창에 쩍 하고 금이 갔다. 지금이다. 복수할 때가 왔다. 그는 온몸으로 꺽다리를 덮쳤다. 육중한 자판기 밑에 깔린 녀석은 간신히 끽, 하는 소리를 냈을 뿐이었다.

쓰러진 그의 몸에서는 윙, 철컥, 윙, 철컥하는 소리가 났다.

밤새도록.

마침내 복수를 마친 그의 의식이 점차 흐려졌다. 마지막으로 모터가 꺼지기 전, 그는 철용 씨의 얼굴을 떠올리려 애썼다. 하지만 끝내 떠오른 것은 비딱하게 구부러진 철용 씨의 오른발뿐이었다.

...

다음 날 새벽, 주민 씨의 신고를 받고 출동한 119가 피범벅이 된 자판기를 일으켜 세웠다.

과자들이 진열되어 있어야 할 63개의 칸에는 반듯하게 잘린 고깃덩어리가 놓여있었다. 정육점에 고기 자판기가 있다면 아마 그런 모양이었을 것이다. 다만 특이한 점이 있다면 맨 위 칸인 11번과 12번에는 눈알이, 맨 아래 칸인 72번과 73번에는 잘린 발가락들이 가지런히 놓여있다는 정도였다. ■

내가 죽기 전날

라디오에 보낸 사연이 당첨됐다. 상품은 시간여행권. 원하는 시간, 원하는 장소로 12시간 동안 갈 수 있는 티켓이다. 나는 시간여행 따위 관심 없었다.

12시간 장소 무제한 시간여행권 4천5백만 원. 경품 당첨되어 팝니다. 환불 불가.

중고 시장에 올리자마자 문의가 들어왔다. 어떤 이는 4천3백만 원으로 깎아달라고 했다. 정가의 반도 안 되는 가격이라 곤란하다고 했다. 어차피 돈 주고 산 것도 아니잖아요, 라는 답이 왔지만 무시했다. 어떤 이는 정품 티켓이 맞는지 인증해 달라고 했다. 홀로그램을 인증하는 절차가 번거롭기도 했고 무엇보다 가짜 상품이나 올리는 사람 취급을 받으니 기분이 나빴다. 이런저런 흥정을 하는 동안 생각이 바뀌었다.

다들 가지 못해 안달인 여행, 일생에 한 번뿐인 기회인데 까짓것 가보자.

그때부터 고민이 시작됐다. 어디로, 그리고 언제로 갈까.

가장 먼저 떠오른 건 1985년의 라이브 에이드였다.

어렸을 때, 나는 방학이면 할머니 집에 갔다. 할머니는 퀸을 좋아했다. 우리는 낮이면 바닷가에서 시간을 보내고 집에 돌아와 하얀 사각 욕조에서 목욕하고, 밤이면 낡은 에어컨이 돌아가는 거실에서 퀸의 라이브 에이드 영상을 봤다. 프레디 머큐리가 「We Are the Champions」를 부를 때면, 할머니는 전자담배를 물고 말했다.

"타임머신이 발명된다면 1985년 7월 13일 런던 웸블리 스타디움에 갈 거야."

나는 할머니의 전자담배에서 나는 고소한 옥수수 냄새가 좋았다. 할머니는 "그때가 오면 너도 꼭 데려가마."라며 손바닥으로 내 얼굴을 감쌌다. 건조하면서도 따뜻한 손의 감촉. 나는 눈을 감고 할머니와 내가 과거의 사람들 틈에서 함성을 지르는 상상을 했다. 할머니는 결국 퀸의 라이브 에이드에 가지 못했다. 타임머신이 발명되기 훨씬 전에 돌아가셨으니까. 나는 할머니가 돌아가시고 나서는 퀸의 노래를 듣지 않았다.

어디로, 언제로. 언제 어디로.

고민은 계속되었다. 타임머신이 발명되기 전에는 내게도 확고한 목적지가 있었다. 2087년 3월 23일로 가서 R 패거리를 만나 험상궂은 얼굴로 말해주고 싶었다.

"한윤서를 만만히 보지 마. 그 애를 괴롭혔다간 큰일을 당할 거야."

이젠 그런 복수는 할 수 없게 되었다. 아니, 할 필요가 없어졌다. 그래봐야. 바뀌는 건 아무것도 없을 테니까.

2096년, 인류 최초의 시간여행자는 폴란드의 안제이 루비노비치였다. 그가 간 곳은 1889년 4월 20일

오스트리아, 브라우나우암인. 그는 히틀러의 출생을 막기 위해 그곳으로 갔으나 아무것도 바꿀 수 없었다. 우리가 사는 세상은, 모든 것이 결정된 세상이었다.

　루비노비치가 히틀러를 죽일 수 없었듯, 로또에 당첨될 운명이 아니라면, 미래로 간다 해도 당첨 번호를 알아낼 수 없었다. 운명론자들의 주장이 맞았다. 이 세상에 우리가 선택할 수 있는 건 없었다. 우리가 선택했다고 믿었던 것들은 그렇게 정해진 것에 지나지 않았다.

　자유의지를 상실한 사람들은 무기력해져 갔다. 마치 공격성이 없는 좀비 같았다. 어떤 이들은 신흥종교에 빠졌고, 어떤 이들은 가상현실 속으로 도피했다. 아무것도 하지 않고 동상처럼 굳어 있는 '스타퇴*족'들이 늘어갔다. 평행우주론은 자취를 감췄고, 소수의 사람만이 평행우주를 다룬 영화나 소설을 보며 향수에 젖었다. 그 당시 대학에 다니던 나는 머리카락을 보라색으로 물들이고 짙은 화장을 하고 할머니의 젊

---

* státŭa: '동상'을 뜻하는 라틴어. 움직이지 않고 서 있는 사람을 뜻한다.

은 시절에나 입었을 법한 인조가죽 치마 차림에 망사 스타킹을 신고 다녔다.

　　세기말 분위기에 결정론적 세계관까지 겹쳐 종말론자들이 득세했다. 그들은 시간여행이 인류의 '끝의 시작'이라고 했다. 전 재산을 털어 시간여행을 하는 젊은이들도 있었다. 그들 중 절반은 미래의 자신에게 막대한 돈을 받아 돌아왔고, 나머지 절반은 돌아올 표를 살 돈도 없어 미래에 불법체류하다 시간관리국에 적발돼 현재로 추방되었다. 추방된 이들에게는 벌금형이나 사회봉사 명령이 내려졌다.

　　몇 년의 암흑기가 계속되었다. 그러나 인간은 적응의 동물이다. 언제부턴가 #모른척살자 #우리에겐자유의지가있다고믿을자유가있다, 같은 해시태그가 유행했다. 죽음이 삶의 이면에 도사리고 있지만 외면하고 살아가는 것처럼, 자유의지가 없다는 사실을 무시하고 살아갈 수 있게 된 것이다. 나 같은 비관론자만 있었다면 지구는 그야말로 멸망했을지도 모르지만 세상에는 의외로 낙관론자들이 많다. 그리고 세상을 바꾸는 건(결정론적 세계관에서는 바꾼다는 말 자체에 어폐가 있지만) 대체로 낙관론자들이다.

타임머신이 발명된 지 16년이 지난 오늘, 후회하는 일이 생길 때면 나도 #모른척살자가 태그된 게시물들을 보면서 마음을 달랜다.

...

나는 내가 죽기 전날로 가기로 했다. 나 같은 인간은 혼자 죽을 게 뻔했기 때문이다. 혼자 사는 게 외롭다고 느낀 적은 없다. 유전자를 후대에 남겨야 한다는 강박도 없었다. 혼자면 충분했다. 그렇다고 혼자 죽고 싶지는 않았다. 내 마지막 순간에 내 곁에 있어줄 사람이 나라니, 제법 낭만적이지 않은가. 유산도 물려받으면 더 좋고.

나는 37년 후에 죽는다. 74세라니 요절이다. 원인은 인공심장에 대한 면역거부반응이라고 한다. 10년 전 수명예측센터에 갔을 때, 결과를 보며 당황하던 검사원의 표정이 지금도 기억에 남아있다. (시간여행이 가능해지던 초기, 몇몇 사업이 반짝 성행했다. 수명예측도 그중 하나였다. 기존의 수명예측은 유전자 분석을 통해 이뤄지므로 사고 등 외부 요인을 고려할 수 없었다. 시간여행 시대의 수명예측은 실질적인 사망선고나 다름없었고, 유행은 곧 사그라들었다.)

"이런 경우는 매우 드문데요. 다시 해볼까요?"

내가 평균 수명의 반도 못 살고 죽는 게 자기 탓이라는 듯 검사원은 안절부절못했다.

"괜찮아요."

심장이 약한 건 우리 집안 내력이다. 하긴 나처럼 일찍 죽는 사람도 있어야 세계 인구가 적정 수준으로 유지되겠지.

...

나는 타임머신에 올라탔다. 타임머신은 20세기에 있던 공중전화박스처럼 생겼다. 20세기, 유명한 시간여행 드라마에 나온 타임머신을 본떠 만들었다는 건 잘 알려진 사실이다. 타임머신 개발 프로젝트 책임자가 그 드라마의 열렬한 팬이었다고 한다. 그런 이유가 아니더라도 공중전화박스 모양의 타임머신은 꽤 괜찮은 효율성을 갖고 있다. 길어야 십오분 정도 걸리는 시간여행에 비행기 일등석에나 어울리는 리클라이너 소파를 놓을 필요는 없을 테니까. 타임머신 안으로 들어가 박물관에서 본 아날로그 전화기처럼 생긴 계기판에 날짜와 시간을 입력했다. 2149년 4월 7일. 18시 30분.

장소의 좌표는 여행사에서 미리 설정해 놓았다. 타이머의 숫자가 14:00:00에서 줄어들기 시작했다. 타임머신이 빙글빙글 돌고 기계 안에 미지근한 온기가 느껴졌다. 나는 전기오븐 속의 닭이 된 기분이었다. 숫자는 느리게, 그러나 꾸준히 줄어들었다.

3분 정도 남았을 때 초조와 불안이 밀려왔다. 타임머신에 오류가 나서 엉뚱한 시공간을 헤매게 되는 건 아닐까. 호흡이 점점 가빠졌다. 엄마는 로봇수술을 받다가 죽었다. 그때부터 나는 기계의 정확성을 불신

하게 되었다. 로봇이 오작동한 것도 엄마의 운명, 정해진 일이기 때문에 일어난 것이다. 하지만 사실을 아는 것과 그걸 받아들이는 건 별개의 문제였다. 어쨌거나 이제는 돌이킬 수 없다. 체념하듯 마음을 가라앉히는데 회전 속도가 느려졌다. 호흡도 서서히 제 속도로 돌아왔다.

타임머신이 움직임을 멈췄다. 타임 스팟에 도착한 것이다. 문이 열리고 튕기듯 밖으로 나왔다. 신선한 공기가 콧속으로 들어왔다. 봄 하늘이 가을처럼 맑았다. 하늘 저편에서는 태양이 금빛으로 빛났다.

"미세먼지 문제가 완전히 해결됐더라고요. 마이크로웨이브를 이용해서 먼지를 뜨겁게 달구면 먼지들이 녹았다가 아스팔트처럼 굳어버린다나."

단골 카페 주인이 미래에 다녀온 뒤로 날씨가 흐리면 입버릇처럼 하던 말이 떠올랐다. 가방 속에서 신호음이 들렸다. 여행사에서 준 내비게이션에서 나는 소리였다. 손바닥만 한 기기를 꺼냈다. 화면의 지도 위에 뜬 빨간 점이 내 위치와 가까워진다. 도로를 따라 달려온 자그마한 택시가 앞에 멈춰 섰다. 택시를 타면 바로 미래의 내가 있는 요양병원으로 갈 것이다.

나는 택시에 타지 않기로 했다. 타임 스팟에서 요양병원까지는 1.2Km. 걸어서 갈 수 있는 거리다.

천천히 주변을 둘러보며 걸었다. 37년 뒤의 세상이라지만 내가 사는 곳과 크게 다르지 않았다. 길 왼편으로는 공원이, 오른편으로는 식당이 드문드문 있었다. 차들이 두어 대 주차된 식당 창가에 김이 피어오르는 음식을 먹고 있는 사람들이 보였다. 옷차림도, 생김새도 나랑 별반 다를 게 없었다. 어쩌면 내가 사는 2112년이 문명의 정점을 찍은 게 아닐까 싶을 정도로 잔잔한 파도에 오랜 세월 휩쓸린, 버려진 배와 닮은 풍경이었다. 그러다 문득 떠올랐다. 나는 시간과 더불어 공간을 이동해 왔다. 이곳은 도심지에서 벗어난 곳이다. 한적한 느낌이 드는 게 당연하다.

언제까지고 비슷한 길이 이어질 것만 같아 내비게이션을 다시 보려는데, 숨어있다 나온 듯 요양병원이 돌연히 나타났다. 길가에 접한 면에는 정원이 있고, 낮은 건물이 안쪽에 있어 잘 보이지 않았나 보다. 가로로 길쭉한 창문이 늘어선 기역 자 모양의 건물이었다. 연초록 잔디가 깔린 정원에는 잘 손질된 나무들이 있고, 커다란 나무 아래에는 벤치가 놓여있었다. 지는 해를 바라보는 노인들, 산책하는 노인들. 노인들 곁에는 반드시 동그란 얼굴의 안드로이드 도우미가 있었다. 정원의 표지판을 보고 B동 건물 안으로 들어갔다.

'나'는 806호에 있을 것이다. 의식이 없어 나를 알아보지는 못할 것이다.

접수대에서 이름을 말하고 신분증과 시간여행 티켓을 보여주니 번거로운 절차 없이 통과할 수 있었다. 엘리베이터에 올라 8층을 눌렀다. 드디어 미래의 나를, 그것도 죽기 직전의 나를 만난다고 생각하니 긴장으로 아랫배가 당겼다. 괜한 짓을 한 걸까? 지금이라도 돌아갈까? 뒤로 물러나려는 마음에 저항하며 엘리베이터에서 내려 806호 앞으로 갔다. 후우, 긴 한숨이 절로 나왔다. 손잡이를 움켜쥐고 문을 연 순간, 퀸의 노래가 파도처럼 나를 덮쳐왔다. 「Too Much Love Will Kill You」. 심장에 탄산을 들이부은 것처럼 알싸한 느낌. 마른침을 삼키며 안으로 들어갔다. 가장 먼저 눈에 들어온 건 푸른 유니폼을 입은 남자였다. 키가 크고 마른, 내 또래의 남자.

"누구세요?"

"누구세요?"

그와 내가 동시에 물었다.

"제가 먼저 물어봤는데요."

내가 그보다 0.1초 정도 늦었지만 일단 우기기로 했다.

"저는 한윤서 씨의 간병인입니다만, 무슨 일로 오셨죠?"

"간병인이라고요?"

내가 안드로이드가 아닌 사람을, 그것도 남자 간병인을 고용했다니 믿을 수가 없었다.

"네, 그렇습니다만. 무슨 볼일이신가요?"

"저는, 그러니까, 저는…."

이 남자에게 내 사정을 털어놓을 이유는 없었다. 솔직히 병실 안에 나 말고 다른 사람이 있을 거라곤 상상도 하지 못했다. 그럴듯한 말을 지어내야 하는데 잘 떠오르지 않았다. 나는 임기응변에 약하다.

"저는, 한윤서 씨 딸이에요."

남자의 얼굴이 웃음을 참는 듯 일그러졌다. 그리고 다음 순간 차갑게 굳어졌다.

"죄송하지만 한윤서 씨는 딸이 없습니다."

"아뇨. 그쪽이 내… 엄마, 의 개인사는 잘 모르시잖아요. 우리는 제가 어렸을 때 떨어져 지내게 됐어요."

생각나는 대로 둘러대고 보니 침대에 누워있는 사람이 미래의 내가 아니라 엄마인 것처럼 느껴졌다. 나이 든 나는 지금의 나보다 내가 기억하는 엄마를, 아니 할머니를 더 닮았다. 그리움이 왈칵 몰려왔다. 남자가 테이블 위의 티슈를 뽑아 건넸다. 먼저 코를 풀고, 티슈 귀퉁이로 눈물을 찍어냈다.

"오늘이… 마지막 날이라는 걸 알고 오신 거죠?"

남자가 조심스럽게 물었다. 나는 고개를 끄덕였

다. 의도하지는 않았지만 갑자기 쏟아진 눈물 덕에 내가 딸이라는 걸 믿는 눈치였다. 때마침 퀸의 노래가 「The Great Pretender」로 바뀌었다. Oh, yes. I'm the great pretender.

"네. 앞으로 12시간 남았다는 것도 알고 있어요."

이번에는 남자가 고개를 끄덕였다. 나는 병실을 둘러봤다. 기계와 여러 갈래의 줄로 연결된 '나'는 편안해 보였다. 베개와 시트는 물론 바닥도 먼지 하나 없이 청결했다. 블라인드 사이로 스며든 주홍빛 노을이 남자의 머리카락을 밝게 물들였다.

"여기서 밤을 새우실 건가요?"

남자가 물었다.

"그래야죠."

"그럼 커피라도 드실래요?"

"네, 감사합니다."

남자가 나가고, 병실에는 나 혼자 남았다. 나는 원형 의자를 끌어 침대 옆에 바짝 붙어 앉았다. 떠나오기 전부터 줄곧 그리던 그림이었지만 죽기 직전의 나를 마주하고 있으려니 기분이 묘했다. 37년 동안 나는 어떻게 살았을까? 비교적 만족스러운 삶을 살았을까? 아니면 여전히 후회로 가득한 삶을 낡은 상자에 담아둔 듯 외면하면서 살았을까?

나는 74세 한윤서의 손을 잡아보았다. 그리고 내 볼에 갖다 댔다. 할머니의 손처럼 건조하고 따뜻했다. 춥지도 않은데 자꾸만 콧물이 나려 했다. 코를 훌쩍이며 테이블 위로 손을 뻗는데 병실 문이 열렸다.

"어쩌죠? 1층 카페에 에스프레소 머신이 고장 났다네요. 거기 커피가 정말 맛있는데."

남자가 안타깝다는 표정으로 말했다. 놀랄 일도 아니다. 난 원래 운이 없는 편이다. 운명론적 세계관에서 운이 없다는 건 결함을 갖고 사는 거나 마찬가지다. 조금이라도 불운을 상쇄해 보려 늘 괜찮다는 말을 달고 살았다. 실제로 괜찮은 적은 거의 없었다.

"괜찮아요. 이따가 편의점 커피나 사 먹죠, 뭐."

"편의점 커피요?"

"왜요? 편의점 없어요?"

"그런 건 아니지만…."

남자가 석연찮은 표정을 지으며 창가로 갔다. 하늘은 벌써 짙은 남색으로 물들어있었다. 조금 더 어두워지면 별을 볼 수 있을까.

"블라인드 좀 걷어주실 수 있으세요?"

내 말에 남자가 블라인드를 열며 물었다.

"내일 새벽까지 여기 계신다고요?"

"네, 그러려고 왔으니까요."

남자는 생각에 잠긴 듯 턱을 쓰다듬었다. 조금 자란 턱수염이 까슬까슬해 보였다. 스피커에서 「Bohemian Rhapsody」가 흘러나오자 남자가 볼륨을 줄이려 했다.

"그냥 두세요. 듣기 좋아요."

"저도 한윤서 씨 덕분에 좋아하게 됐어요."

남자가 '한윤서'라고 할 때마다 나를 부르는 것 같아 가슴 한쪽이 뜨끔했다.

"우리 할머니가 좋아하던 그룹이에요."

"한윤서 씨의 어머니가요?"

"아, 아뇨. 제 말은, 증조할머니요."

나는 말을 더듬었다. 남자가 빙긋 웃었다. 퀸에 대해 몇 마디를 더 나누다가 누가 먼저라고 할 것도 없이 입을 다물었다. 일정하게 이어지는 기계음과 노래 덕분에 침묵을 수습하려 애쓰지 않아도 되었다. 남자도 불편하거나 난감한 기색은 없었다. 그도 나만큼이나 침묵에 익숙한 사람 같았다.

"저는 집에 갔다가 올 건데요."

창밖에 완전한 어둠이 내렸을 때, 남자가 의자에 걸쳐두었던 재킷을 입으며 말했다. 안 그래도 좁은 의자에 앉아있느라 엉덩이가 저려오던 참이었다. 그가 가고 나면 일어나 스트레칭이라도 해야겠다고 생각했다.

"네."

"괜찮으시면 같이 가실래요?"

"네?"

전혀 예상치 못한 제안에 나도 모르게 벌떡 일어섰다. 막상 일어서고 보니 다시 앉는 것도 어색해 괜히 카디건 소매를 잡아당겼다.

"집에 카페에서 사다놓은 원두가 있거든요. 우리 집에서 같이 커피 마셔요."

"네? 우리 오늘 처음 만난 거 알죠?"

"네."

"저 그런 사람 아니에요."

"그런 사람이 어떤 사람인데요?"

"처음 만난 사람 집에 가서 커피 마시는 사람?"

"그게 어때서요? 딸이 밤새 병실에만 있는 건 한윤서 씨도 원하지 않을 거예요."

원하지 않는다, 는 말의 모순을 지적하고 싶은 충동을 억누르며 미래의 나를 내려다봤다. 의식이 없는 나는 원하는 것도 원하지 않는 것도 없는 상태다. 그렇다면 의식을 잃기 전에는 무엇을 원했을까. 미래의 나는 내가 자신의 마지막을 보러 온다는 걸 알고 있었다. 그런데도 굳이 안드로이드 도우미가 아닌 남자를 간병인으로 고용했다. 나 한 사람만으로는 부족하다고 판단한 걸까.

"어머니가 그동안 어떻게 지냈는지 궁금하지 않

아요?"

"그거야… 궁금하죠."

"그러니까 같이 가요."

"이야기는 여기서 해도 되잖아요. 아, 퇴근하셔야 하나요?"

"퇴근은 상관없어요. 다만, 의식이 없다고 해도 본인 앞에서 얘기하는 건 좀 아닌 것 같아서요."

그가 내 앞으로 다가왔다. 나는 뒤로 물러나지 않고 가만히 서있었다. 그의 체온이 발산하는 온기가 느껴졌다. 이런 종류의 온기를 마주한 게 언제인지 까마득했다. 대학에 다닐 때를 제외하고 인간 남자 친구를 사귄 적은 없었다. 사람을 사귀고 헤어진 뒤 후유증에 시달리는 것보다 욕구가 일어날 때 가상현실에 접속해 이상형의 캐릭터와 가상섹스를 하는 편이 훨씬 깔끔하고 간편했다.

"가요. 정말 잊지 못할 커피를 맛보게 해줄게요."

나는 미소 짓는 남자의 얼굴을 바라봤다. 어딘지 모르게 친숙한 눈빛, 그리고 입가의 주름. 가고 싶다.

가면 안 된다. 내적 갈등에 시달리다가 '내 미래를, 남아있는 절반의 삶에 대해 알고 싶다'라는 호기심에 무게 추를 올렸다. 걱정할 필요는 없었다. 남자의 집에서 불쾌한 일은 일어나지 않을 것이다. 이 남자가 오늘 내게 무례한 행위를 한다면, 미래의 나는 이 남자를 간병인으로 쓰지 않았을 테니까.

"좋아요. 커피만 마시는 거로."

나 자신을 설득하듯 커피만, 을 유독 힘주어 말했다. 남자가 시원한 미소를 짓고는 '나'의 몸에 연결된 기계를 꼼꼼히 점검했다. 나는 침대맡에서 떠나지 못하고 '나'의 이마 위에 내려온 앞머리를 쓸어 넘겨주었다. 내 선택에 대한 긍정의 사인 같은 걸 기대했는지도 모르겠다. 그러나 침대에 누운 나는 여전히 무표정이었다.

...

1층 로비의 카페 입구에는 'Closed'라는 푯말이

서있었다. 오후 여덟시니까 영업을 마치기엔 조금 이른 시간. 에스프레소 머신의 고장 때문인가 보다. 정원에는 저녁을 먹고 산책 나온 노인들이 있었다. 곁에 있는 도우미들이 동그란 얼굴에 조명을 밝혀 노인들의 발치를 환하게 비춰주었다.

"저기 시민의 숲이라는 푯말 보이죠? 저 공원을 가로질러 가면 십오분 정도 걸려요. 그래서 매일 걸어 다녀요."

남자가 길 건너편을 가리키며 말했다. 과연, 아치형의 입구를 따라 좁은 길이 나있었다. 한 사람이 걷기에는 넉넉했지만 두 사람이 나란히 걸으려니 간혹 손등이 스쳤다. 그의 손등과 두 번째로 닿았을 때, 나는 손을 주머니에 찔러 넣었다.

"참, 인사가 늦었네요. 저는 한서준이에요."

한서준, 나랑 성이 같다.

"그쪽은요?"

"저는, 한서윤이에요."

나는 임기응변에도 약하고, 거짓말에는 더더욱

소질이 없다.

"저랑 한 글자 차이네요."

"그러게요."

이름을 말하고 나니 다시 침묵이 찾아왔다. 호기롭게 자기 집에 초대한 사람치고는 말수가 적었다. 남자와 나는 말없이 벚꽃이 흐드러진 길을 지나갔다. 가끔 바람이 불고 벚꽃 꽃잎이 흩날렸다. 꽃잎이 내려와 몸에 붙으면 행운이 찾아온다던데. 나는 한 번도 꽃잎이 붙은 적이 없었다. 도서관에 가다가 바람이 불면 일부러 벚나무 아래를 서성였는데도.

또다시 바람이 불었다. 카디건을 여밀 만큼 센 바람이었다. 우수수, 꽃눈깨비가 내렸고 남자가 허공을 가볍게 움켜쥐었다. 그가 주먹을 쥔 채 말했다.

"손바닥 펴봐요."

나는 가만히 손바닥을 내밀었다. 남자가 주먹을 폈다. 내 손바닥 위에 연분홍색 꽃잎이 내려앉았다.

공원을 빠져나오자 조용한 주택가가 나타났다. 비슷하면서도 다른 모양의 2층집들이 적절한 거리를 두고 늘어서 있었다. 자그마한 정원이 있고 담장 가까이에 나무가 심어진, 커튼 사이로 주홍색 불빛이 새어 나오는 집들. 각각의 집들이 '집'이라는 단어가 주는 포근함을 내포하고 있어, 내가 사는 아파트는 한갓 주거공간에 지나지 않는다는 생각이 들었다. 남자는 병아리의 깃털 색을 닮은 집 앞에서 멈춰 섰다.

"들어와요."

사물의 모서리를 부드럽게 감싸는 조명, 색을 입히지 않은 원목 가구들, 벽 한 면을 차지한 아날로그 오디오. 남자의 집은 질투가 날 정도로 완벽했다. 물론 내 기준에서의 완벽함이었다. 언젠가 부자가 된다면 이렇게 꾸며놓고 살겠다, 고 머릿속으로 그렸던 조감도를 그대로 구현해 놓은 것 같았으니까. 아날로그적인 것들에 유난히 끌린다는 걸 빼면 그다지 특별한 점도 없었지만, 미래의 간병인이 나랑 비슷한 취향을 가졌다니 조금은 신기했다. 어쩌면 이것도 퀸의 음악처럼 나, 한윤서의 영향을 받은 걸까?

"여기 잠깐 계세요. 커피 내려 올게요."

나는 소파 끝에 걸터앉았고, 남자는 서둘러 주방으로 갔다. 고소하고 쌉싸름한 커피 향이 거실을 채웠다. 적어도 산미가 강한 커피는 아니겠다고 생각하며 거실의 풍경을 눈에 담았다. 장식장 위의 졸업 상패에는 의학박사 한서준이라고 쓰여있었다. 의학박사라니, 조금 의외였다. 커피를 들고 오던 그가 내 시선을 따라 고개를 돌렸다.

"아, 이거요. 의사였던 때가 있었죠."

남자는 당황한 듯 헛기침을 했다. 누구에게나 말하고 싶지 않은 복잡한 사정이 있는 법이다.

"저한테 설명하지 않으셔도 돼요."

진심이었다. 그가 어떤 이유에서 의사를 그만두고 간병인을 하든 나와는 상관없는 일이다. 의사로서의 한계를 느끼고, 환자를 더 가까이에서 돌보고 싶었는지도 모른다. 그런 따뜻한 마음을 가진 사람이라면 나는 운이 좋은 편이다. 운이 좋다, 라니 오랜만이다. 슬그머니 입꼬리가 말려 올라갔다.

"잠깐만요."

남자가 잊고 있었다는 듯 테이블 위의 리모컨을 집어 들었다. 곧 거실 한쪽 벽을 차지한 커다란 스피커에서 음악이 흘러나왔다. 「Love of My Life」. 이건 좀 간지럽다. 남자가 내게 머그컵을 내밀었다. 컵에 그려진 부엉이가 나를 빤히 바라본다. 나는 커피 한 모금을 입안에 머금었다가 얼른 삼켰다. 커피의 산미를 싫어하는 내게도 지나치게 쓴맛이다. 너무 써서 잊을 수 없는 맛. 할머니가 밖에 나갔을 때 몰래 내렸다가 결국 개수대에 쏟아버리고 만 커피의 맛을 닮았다. 후훗, 웃음이 나왔다.

"왜요?"

"너무 맛있어서요."

"다행이네요."

남자는 내 말을 곧이곧대로 믿는 듯 만족스러운 얼굴로 소파에 앉았다. 짝짝, 박수 소리에 거실 조명이 꺼졌다. 집 안이 어두워지자, 창 너머의 밤하늘이 눈앞으로 훅 다가왔다. 마치 플라네타륨 안에 들어온 것 같았다. 아니, 플라네타륨과 비교할 수 없을 정도로 생생한 반짝임이었다. 별들이 쏟아진다, 는 말을 글자가 아닌 감각으로 이해하는 날이 오게 될 줄이야.

"어머니가 건강하실 때, 이렇게 함께 별을 보곤 했어요. 거실 벽 한 면을 통유리로 하자는 것도 어머니 생각이었죠."

남자가 그리움이 담긴 목소리로 말했다.

"어머니가 편찮으세요?"

"네, 좀."

"그럼 어머니를 돌봐드려야 하지 않아요?"

"아, 이제 괜찮아요."

정말 괜찮다는 의미일까. 나처럼 괜찮고 싶어서 하는 말일까. 나는 남자의 옆얼굴을 바라봤다. 바닷속 희귀생물을 보는 것처럼 그의 콧날과 귀와 턱선을 눈으로 그리듯 살폈다. 그는 잠시 나를 쳐다봤다가 다시 창밖으로 시선을 돌렸다. 정작 그가 아는 한윤서에 대한 이야기는 하지 않았다. 나도 묻지 않았다.

커피를 반쯤 마셨을 때, 배에서 꼬르륵 소리가 났다. 남자가 쿡, 웃음을 참으며 물었다.

"배고파요?"

남자의 물음에 잊고 있던 허기가 와르르 밀려왔다. 집을 나서기 전, 소비기한이 하루 지난 샌드위치를 먹은 게 다였다. 축축해진 빵이 맛없어 그나마 절반은 남겨버렸다.

"네, 배고파요."

"뭐 먹을래요?"

"빨리 먹을 수 있는 거요."

이런, 남자가 긴 숨을 내쉬며 주방으로 가더니 라면을 끓였다. 우리는 주방의 길쭉한 테이블에서 머리를 맞댄 채 맵고 뜨거운 라면을 먹었다. 누군가와 함께 음식을 먹는 감각이 이렇게 즐거운 거였나.

"커피 한 잔 더 마실래요?"

"아니요. 괜찮아요. 잠이 안 와서 밤에는 잘 안 마셔요."

쓴 커피를 정중히 거절하려니 변명처럼 말이 길어졌다.

"그럼 차라도 마실래요? 피곤하시면 잠깐 눈 붙

이셔도 되고요."

"아뇨. 오늘 밤은 어차피 잠을 위한 밤은 아니잖아요."

말을 마치기도 전에 모순된 말을 해버렸다는 걸 깨달았다. 잠이 안 온다는 핑계로 커피를 거절하고서는.

"저 화장실 좀."

나는 도망치듯 화장실로 들어갔다. 화장실 문을 연 순간 입이 절로 벌어졌다. 설마, 했는데 욕실 안에 새하얀 사각 욕조가 있었다. 곡선은 찾아볼 수 없는 정사각 욕조. 이쯤 되면 취향이 비슷한 정도라고 넘길 수만은 없었다. 유혹을 이기지 못하고 하얀 사각 욕조에 걸터앉았다. 그리고 곧 바닥으로 내려가 무릎을 끌어안고 따뜻한 물속에 잠긴 나를 상상했다. 머리카락에 남아있던 짭조름한 냄새, 욕조 바닥에 가라앉던 모래 알갱이들. 오래전의 촉감이 되살아났다. '진짜 목욕'이 하고 싶어졌다.

욕실 문을 여는데, 바로 앞에 남자가 구부정한 자

세로 서있었다.

"왜요?"

"나올 때가 됐는데, 무슨 일이 있나 하고…."

"저, 이상하게 들릴지 몰라도."

"네?"

"저기서 목욕해도 될까요?"

나는 욕조를 가리키며 말했다. 남자의 눈이 둥그레졌다가 금세 반달 모양이 되었다.

"그럼요."

욕조 물이 적당한 온도로 식어갈 무렵, 노크 소리가 들렸다.

"들어가도 돼요?"

떨리는 목소리. 나는 놀라지 않았다. 커피를 마신다는 핑계로 그의 집에 올 때부터 그와 사랑을 나누게 되리란 걸 예감하고 있었다.

"들어와요."

태연한 척 말했지만 내 목소리도 떨렸다. 찰칵, 문이 열리는 소리가 들렸다.

...

새벽 다섯시, 병원으로 돌아왔다. 침대에 누운 '나'의 입꼬리가 미세하게 올라가 있었다. 꿈을 꾸는 걸까? 기분 좋은 꿈을 꾸며 마지막을 맞는다면 좋을 텐데.

"긴장돼요?"

남자가 내 손을 감싸 쥐며 물었다.

"조금요."

다정한 눈빛이 나를 내려다봤다. 나는 아주 오래전부터 알아온 듯한 두 눈을 바라봤다. 그리고 지금이 진실을 말할 때라는 걸 직감했다. 나 자신을 엄마라고 부르는 어설픈 연극을 끝내야 한다.

"솔직히 말할게요. 난 한윤서예요."

"알아요."

남자는 놀라지 않았다. 놀란 쪽은 오히려 나였다.

"네?"

"당신이 과거에서 온 사람이란 거, 알고 있어요."

"그걸, 어떻게…."

"당신만 시간여행을 할 수 있는 건 아니잖아요."

"과거로 시간여행을 온 적이 있어요?"

"네. 당신을 만나러."

"하지만 저는, 당신을 만난 기억이 없는데요."

"멀리서 보기만 했으니까요."

"왜? 왜 그랬어요?"

"내 엄마이기 전의 당신을 만나고 싶었거든요."

"그게… 무슨 말이에요?"

남자가 가만히 나를 바라봤다. 입술이 가늘게 떨리고 있었다. 나는 그 입술이 벌어지기를 바라고, 또 그대로 굳어서 다시는 열리지 않기를 바랐다.

"한윤서 씨는, 내 엄마예요."

"하."

이건 꿈이야. 잠이 들면 나는 늘 행복한 꿈을 꾼다. 시작은 그렇다. 달콤하고 행복한 순간의 절정에 블랙아웃이 된 것처럼 온세상이 어두워진다. 악몽은 언제나 주인공처럼 갑자기, 격렬하게 등장한다. 단숨에 꿈의 무대를 장악한다. 아니, 이건 꿈이 아니야. 나는 고개를 저었다.

"미안해요. 혼란스럽게 해서."

"거짓말하지 말아요."

고집스럽게 말하면서도 거짓말이 아니라는 걸 알았다. 남자의 눈빛이 낯설지 않았던 이유. 그건 그의 두 눈이 내 눈을 똑 닮아있었기 때문이다. 나는 비틀비틀 창가로 갔다. 간신히 창턱을 움켜쥐었다. 온몸이 녹아내리는 기분이었다. 음악이 흐르지 않는 새벽. 병실 공기는 싸늘했다.

"내가, 아니 저 사람이 당신에게 말해줬나요?"

거칠거칠한 목소리가 적막을 갈랐다. 남자는 아무 말도 하지 않았다.

"당신도 나한테 미리 말해줘야겠다는 생각은 안 해봤어요?"

"당연히 했어요. 그래서 과거로 갔었고."

"오늘이라도, 말할 수 있었어요."

"말했으면요? 당신은 같은 선택을 했을까요?"

"이 세상이 정해진 대로 돌아간다면 같은 선택을 하지 않았겠어요?"

"같은 선택이라도 우리가 느끼는 감정은 다를 수 있죠. 난 소중한 시간을 망치고 싶지 않았어요."

"소중한 시간이라고? 과연 그럴까? 난 내가 사는 곳으로 돌아가 당신을 없애버릴 수도 있는데."

"없앨 수 없다는 거 알잖아요. 내가 여기 있다는 게 그 증거죠."

"아니, 난 한 번도 아이를 원한 적이 없어. 이건 말도 안 돼."

"그렇지 않아요. 지금은 당황스럽겠지만, 시간이 지나면 당신 안에서 내 존재를 느끼고, 나를 원할 거예요."

"이렇게 하면서까지 태어나고 싶었어요?"

"태어나야 했어요. 그게 내 결론이에요."

"태어나야 했다고? 이제 만족해? 넌 뭐야? 나를, 그래, 네 엄마를 부수면서 존재할 만큼 중요한 인물이라도 되는 거야?"

"당신은 부서지지 않아요. 그리고 엄밀히 말해 당신은 내 엄마가 아니에요. 침대에 누워 있는 한윤서 씨가 내 엄마죠."

"말장난하지 마. 내가 저 사람이고 저 사람이 나야."

"맞아요. 내 말은, 지금 시점에서 당신은 내 엄마가 아니라고요. 무슨 말인지 이해하죠?"

그렇다. 내 아들, 남자는 아직 착상되지 않은 상태다. 하지만 그 사실이 내 기분을 나아지게 만들지는 않았다. 남자와 내가 함께 보낸 밤. 그에게는 목적, 태어나기 위한 욕망이 있었다. 나는 그저, 인간의 체온과 질감을 느끼고 싶을 뿐이었다.

"나도 처음에는 피하고 싶었어요. 과거에 가서 당신을 만나 얘기하고 싶었어요. 바꿀 수 있다면, 바꾸고 싶었어요. 그런데 먼발치에서 당신을 본 순간 운명을 받아들이게 됐어요."

남자가 독백처럼 말했다.

"첫눈에 반했다는 건가? 자기 엄마한테?"

"그런 차원이 아니에요. 당신도, 지금 당장은 아니라도 내 말을 이해할 수 있게 될 겁니다."

"아니, 난 절대 이해 못 해. 그러니까 여기서 나가."

남자가 벌게진 눈으로 나를 보았다. 무언가를 호소하듯 뻗은 손끝이 미세하게 떨렸다.

"나가요, 당장."

나지막한 목소리로, 단호하게 말했다. 그는 발자국을 세듯 천천히 병실을 나갔다. 나는 침대맡으로 돌아갔다. 그리고 이곳에 온 목적을 되새겼다. 나는 나의 죽음을 보기 위해 여기까지 왔다. 죽음을 앞둔 한윤서는 평온한 얼굴을 하고 있었다. 건조한 이마 위로 눈물이 툭, 떨어졌다. 손끝으로 눈물을 닦아냈다. 관자놀이 위에도, 콧잔등 위에도 눈물방울이 떨어졌다. 내 눈물을 닦을 생각은 하지 못한 채 늙은 나의 얼굴을 필사적으로 닦아냈다. 가느다란 주름 사이에서 웃음의 흔적을 발견하길 바라며.

'내'가 죽기 5분 전, 남자가 병실에 들어왔다. 차마 그에게 나가라고 할 수 없었다. 여기 있는 한윤서는 그의 엄마다. 어머니의 임종을 지키고자 하는 아들을 막을 권리는 내게 없다. 그의 말대로 나는 아직 그의 엄마가 아니다. 마치 꿈에서 깨어나는 것처럼, 그리고 꿈이라는 사실에 안도하는 것처럼, 오늘 일어난 부조리극이 내 안으로 스며들었다.

나는 점점 옅어지는 '나'의 숨결에 집중했다. 포근한 아기용 담요로 감싸주어야 할 듯 연약한 숨결이었다. 죽음은 예정된 시간을 지키기 위해 내 옆에서 기다리고 있었다. 조바심을 내지도, 그렇다고 한눈을 팔지도 않은 채. 유난히 긴 숨소리가 났다. 감긴 눈꺼풀이 파르르 떨리고, 입술이 벌어졌다. 그 작은 구멍 사이로 빠져나온 숨을, 죽음이 남김없이 거둬갔다.

삐이이-. 가느다란 소리가 들렸다. 심전도계의 그래프가 수평선을 그렸다. 내 인생이 끝났다. 죽음이 떠난 자리에는 고요만이 남았다. 나는 영혼이 사라진 나의 얼굴을 오래도록 바라보았다. 마지막 숨처럼 긴

호흡이 입술 사이로 새어 나왔다. 현재로 돌아가야 할 시간이다. 아직 온기가 남아있는 '나'의 손을 쓰다듬고는 조용히 일어났다.

"잘 가요."

남자가 내게 오른손을 내밀었다. 나와 닮은 손이 떨리고 있었다. 나는 그의 손을 맞잡았다. 악수쯤은 하고 헤어져도 좋을 것 같았다. 방금 어머니를 잃은 남자에게 위로가 될 수 있다면. 그가 붉게 물든 눈으로 미소 지었다.

"다시, 만나요."

내가 말했다. 남자가 고개를 끄덕였다. 나는 병실을 나왔다. 햇살이 가득 찬 복도는 눈이 부셨다. 또 다른 아침이 밝아오고 있었다. ■

사유지

그곳은 사유지였다. 붉은 벽돌로 지어진 4층 건물과, 임대라고 써 붙인 지 오래된 듯 종이와 테이프가 삭아 가장자리가 너덜거리는 회색 건물 사이에 있는 좁은 길이었다. 건물 입구는 도로변으로 뒤편은 주택가로 이어져 있어 길이라기 보다는 통로 같은 느낌이었다.

나는 6년 전 양재천 근처의 빌라로 이사 온 뒤 줄곧 그곳으로 지나다녔다. 지하철역으로 가는 지름길이었기 때문이다. 사유지로 가면 십여 미터 정도지만, 사유지로 가지 않으면 한 블록을 돌아가야 한다. 사실 줄곧 지나다녔다는 말은 맞지 않는다. 나는 주로 출근할 때만 그곳을 이용했다. 정확한 시간은 알 수 없지만 저녁 여덟시 전후로 셔터가 내려오는 것 같았다. 어쩌다 일찍 퇴근할 때는 그리로 지나갔지만 대개는 닫힌 셔터를 보고 지나쳐야 했다. 썩은 치아에 덧씌운

보철물처럼 두 건물 사이에 끼워 넣은 듯한 알루미늄 셔터를 통해 반대쪽을 볼 때면 묘하게 세상과 단절된 듯한 느낌이 들곤 했다.

사유지라고 해도 주인처럼 보이는 이는 만난 적이 없었다. 애당초 낡은 다세대 건물이라 건물주가 살 것 같지는 않았다. 딱 한 번, 목욕 가방을 든 할머니가 계단을 오르는 모습을 본 적은 있다. 2년 전, 아마도 3년 전이었을 것이다. 그제야 나는 붉은 벽돌 건물 옆면에 문이 없이 뚫린 입구가 있다는 걸 알았다. 오래된 성당에서 볼법한 좁은 아치형의 입구였다. 호기심에 회색 건물도 살펴봤다. 건물의 뒷면이라 입구는커녕 비상 통로 같은 것도 없었다.

...

오늘은 어쩐 일인지 셔터가 내려와 있지 않았다. 무심코 시계를 보니 여덟시 삼십삼분이었다. 나로서는 지름길을 마다할 이유가 없었다. 평소보다 어두운 길을 중간쯤 지났을 때, 눈앞의 셔터가 빠른 속도로 내려왔다. 반사적으로 뒤돌아 나가려는데 반대편 셔터도 내려왔다. 누군가 지켜보다 스위치를 누른 것처럼 타이밍이 절묘했다.

"여기요!"

혹시나 사람이 있을까 싶어 큰 소리로 외쳤다. 내 목소리가 메아리처럼 울렸다. 인기척은 나지 않았다. 나는 셔터를 들어 올렸다. 의외로 무거웠다. 있는 힘껏 올려봤지만 셔터는 바닥에 붙은 듯 꿈쩍도 하지 않았다. 반대편도 마찬가지였다. 손바닥이 새까매지도록 이리저리 당겨보다가 셔터를 잡고 마구 흔들었다. 앞뒤로는 쩔겅쩔겅 소리를 내며 흔들렸지만 위로 올라갈 기미는 없었다.

"저기요! 잠깐만요!"

지나가는 사람들을 향해 외쳤다. 다들 무심코 자기 길을 갈 뿐이었다. 도움을 청할 때는 구체적으로 대상을 정해야 한다는 이야기가 떠올랐다.

"거기, 파란 패딩 입으신 분, 저 좀 도와주세요!"

파란 패딩은 못 들은 척 지나갔다. 귀에 이어폰을 꽂고 있었는지도 모른다.

"여기요. 아주머니! 이쪽입니다!"

털모자를 쓴 아주머니를 불러도 그냥 지나쳐 갔다. 내 목소리가 전혀 들리지 않는다는 듯 바로 옆을 지나가면서 고개 한 번 움찔하지 않았다. 하긴 나 같아도 남의 일에 오지랖을 부리진 않을 것이다. 내키지 않지만 아내에게 연락해야겠다. 코트 주머니에서 핸드폰을 꺼냈다. 수신불가 지역. 전원을 껐다 켜봐도, 팔을 위로 뻗어 휘둘러봐도 소용없었다.

나는 사유지에 갇혔다.

기분 탓일까. 어둠의 농도가 짙어졌다. 공기의 밀도도 조금 전과 다르다. 막힌 공간을 압착기로 누르는 것처럼 숨이 막혔다. 한쪽은 건물의 뒷면, 온통 회색 벽이다. 작은 창문 하나 없었다. 추위가 모직 코트 사이로 파고들었다. 하관에 소름이 돋고 턱이 절로 떨렸다. 이러고 있다가는 몸살이 날 것이다. 내키지 않지만 어쩔 수 없다. 일단 실내에 들어가서 나갈 방법을 생각해 보자.

나는 쥐구멍 같은 아치형 문을 통과해 계단을 올라갔다. 고성의 종탑에 오르는 듯 가파르고 좁은 계단이었다. 복도는 어두웠다. 복도 등도 켜지지 않았다. 어둠을 더듬어 정문으로 이어지는 다른 계단이 있는지 살폈다. 다른 계단은 없었다. 내가 들어온 입구가 외부로 향하는 단 하나의 입구라는 의미다. 그렇다면 이곳에 사는 사람들은 셔터가 내려온 후에는 밖에 나가지 않는단 말인가?

암순응한 시야에 페인트가 벗겨진 회청색 철문 두 개가 모습을 드러냈다. 201호. 202호. 문은 굳게 닫혀있었다. 차례로 두 집의 초인종을 눌렀다. 벨소리도, 인터폰의 조잡한 음악도 아닌 오랜 병상에 있던 환자의 신음처럼 길고 낮게 울리는 소리가 났다. 소리가 잦아들고 그 소리가 헤집고 간 공기만이 주변을 감쌌다. 인기척은 없었다. 나는 불 꺼진 집 안을 들여다봤다. 창틀에는 잿빛 먼지가 지진으로 드러난 지층처럼 켜켜이 쌓여있었다. 어느 모로 보나 사람이 사는 것 같지 않았다.

3층으로 올라갔다. 301호와 302호도 마찬가지였다. 기이한 초인종 소리와 이어지는 적막.

"계십니까?"

주먹으로 문을 두드렸다. 너덜거리던 페인트 조각만 낙엽처럼 떨어질 뿐이었다. 아무리 낡은 곳이라고 해도 도심 한복판에 있는 건물에 사람이 입주해 있지 않다니 이상했다. 철거 예정이라는 표시도 없을 뿐만 아니라, 이 동네에 이사와 사는 동안 내내 이곳은 변함이 없었다.

불길한 예감을 떨쳐내려 애쓰며 4층으로 올라갔다. 이 건물에는 사람이 있어야 마땅하다. 그렇지 않으면 셔터를 누가 내렸단 말인가? 자동으로 시간이 되면 내려오는 장치라기엔 셔터도 건물도 너무 낡았다. 꼭대기층인 4층에는 입주자 혹은 관리인이 있을 것이다. 그를 만나 밖으로 내보내달라고 부탁하면 된다. 나는 뒷주머니에 있던 지갑을 꺼냈다. 지갑 안에는 5만 원이 들어있다. 어디서나 카드로 결제하는 카드 생활자지만 만일의 경우에 대비해 들고 다니는 비상금이었다. 셔터를 올려주는 대가로 5만 원이나 주기는 아깝다. 이럴 줄 알았으면 만 원짜리도 하나 넣고 다닐걸.

4층에 올라가니 403호와 404호가 있었다. 401호와 402호는 없었다. 입구부터 그랬듯이 이상한 구조의 건물이다. 어쨌거나 나랑은 상관없는 일이다. 나는 403호의 초인종을 누르기 위해 손을 뻗었다. 그리고 문이 열렸다. 404호의 문이.

"실례합니다."

빼꼼히 열린 문 사이를 들여다보며 말했다. 예상과 달리 사람은 없었다. 마치 문이 저절로 열리기라도 한 것처럼.

"계세요."

문틈에 얼굴을 가까이 하고 외치다가, 집 안에서 뿜어져 나오는 비릿한 냄새에 흠칫 뒤로 물러났다. 다시 적막. 이질적인 고요. 그래도 가만있을 수는 없다. 문을 활짝 열어놓고 안으로 들어갔다. 그곳은 거실과 주방, 베란다가 있는 일반적인 집의 풍경이 아니었다. 자줏빛 암막 커튼으로 가려진 어두운 실내, 벽 한 면을 차지한 제단, 노란 불꽃을 일렁이며 줄지어있는 초, 그리고 고목 같은 뿔이 달린 사슴의 머리. 당연히 박제인 줄 알았다. 그런데 갓 죽은 듯 목이 잘린 부분에서 피가 배어 나오고 있었다. 커튼과 같은 짙은 자줏빛 천 위에 놓여있어 자세히 보지 않으면 젖은 부분을 알아차리기 힘들었다. 사슴은 무언가를 추억하는 듯 까만 눈으로 먼 곳을 응시했다. 아니 저건 죽은 사슴일 뿐이다. 아무것도 볼 수 없다. 나는 현실감을 잃어가고 있다.

"문을 닫아라."

어떤 목소리가 내게 말했다. 사람의 목소리는 아니었다. 실내를 둘러보다 경악했다. 제단의 맞은편에 회반죽 덩어리 같은 생물체가 꿈틀거리고 있었다. 그 덩어리가 다시 말했다. 문을 닫아라. 거역할 수도 없고, 거역해서도 안 된다고 직감했다. 의지와 상관없이 손이 떨렸다. 떨리는 손으로 문고리를 잡아당겼다. 쇠문이 바닥을 긁는 소리가 비명처럼 들렸다.

"들어와라."

조금 전과 같은 톤의 목소리. 귀로 듣는 건지, 머리에서 울리는지 구분할 수 없었다. 이제라도 문을 열고 도망치고 싶었지만 어디로 도망친단 말인가. 어쩌면 이 덩어리가 내가 찾던 관리인일 수도 있다.

"그 길이 사유지라는 건 알고 있었나?"

덩어리가 물었다. 덩어리의 목소리는 반죽의 기포를 닮은 작은 구멍들에서 나왔다.

"네."

나도 모르게 압도되어 존댓말로 답했다.

"사유지라는 걸 알면서도 너는 오랫동안 그 길로 다녔다. 이제 그 대가를 치러야 한다."

"대가라니 무슨…"

나 말고도 많은 사람이 그 길을 이용했다. 대부분은 사유지라는 인식조차 없었을 것이다. 왜 나만 이런 꼴을 당해야 하는가? 반발심이 들면서도 한편으로 사슴 대신 제단 위에 올라간 내 머리의 환영이 보였다.

"수수께끼를 푸는 것이다."

덩어리가 말했다. 회반죽 덩어리의 기포 세 개가 터졌다.

"네?"

"수수께끼를 푸는 것으로 사유재산을 침해한 값을 치러라."

이런 이야기에서 덩어리—괴물 같은 존재—는 대개 목숨을 요구한다. 스핑크스의 수수께끼처럼 풀지 못하면 죽을 수도 있다. 어쨌거나 내게 선택지는 없다.

"수수께끼는 세 개다."

정신 차리자. 이 덩어리는 괴물이 아니다. 나에게 원한을 품은 누군가 꾸민 무대인지도 모른다. 그렇게 생각해야 앞뒤가 맞는다. 덩어리로 보이지만 사실은 홀로그램이라든가, 어느 순간 내가 주술에 걸렸다든가. 세상에는 사적 복수, 비뚤어진 정의의 실현을 하려는 사람들이 있고, 나도 그런 종류의 문제에 휘말린 것이다. 그렇게 생각하는 것이 합리적이다.

38년을 살아오며 잘못한 일이 있던가. 무심코 한 말이 독이 되어 누군가에게 원한을 샀나? 짧은 순간 오만가지 생각이 머리를 스쳤지만 이런 일을 당할 만큼의 악행은 떠오르지 않았다. 타인에게 사소한 악행을 저지르고, 타인으로부터 그만큼의 악행을 당하며 어느 정도 균형이 맞는 삶을 살아왔다.

"첫 번째 수수께끼다."

"내게 이러는 이유가 뭡니까?"

"이유?"

"이유나 알아야 수수께끼를 풀던지 할 거 아닙니까."

덩어리의 표면에서 기포가 마구 솟아올랐다. 발진처럼 부풀어 오르던 기포들이 품, 품 소리를 내며 터졌다. 나를 비웃는 것처럼.

"권태다."

"뭐요?"

"지루하단 말이다. 나는 지루하고, 너는 거기 있

었다. 그것이 이유다."

권태? 허세를 부리는 것 같지는 않았다. 할머니 댁에 갔던 지루한 오후, 마당에서 개미굴에 물을 부어 개미들이 버둥대는 모습을 보던 그런 감각인가?

"첫 번째 수수께끼다. 네 아내와 어머니가 물에 빠졌다. 너는 단 한 사람만 구할 수 있다. 누구를 구하겠는가."

입가에 쓴웃음이 번졌다. 실제로 입안에 쓴맛이 느껴지기도 했다. 이건 수수께끼가 아니다. 아내가 했던 질문이다. 결혼식을 앞둔 어느 날, 분위기 좋은 와인 바에서 적당히 취했을 때 아내가 물었다. 당신 어머니랑 나, 두 사람이 깊은 호수에 빠졌어. 그런데 둘 다 구할 수는 없어. 두 사람의 거리가 너무 멀거든. 당신 힘으로 두 사람을 감당할 수도 없겠고. 당신, 누구를 구할 거야? 나는 그 질문에 대답하지 않았다. 아내가 원하는 답을 하지 않았다는 뜻이다. 답을 하긴 했다. 그런 일은 실제로 닥치기 전에는 알 수 없고, 그런 일이 일어날 확률은 매우 낮아. 그러므로 일어나지 않을 일을 가정하는 건 아무런 의미가 없어. 아내는 실망감을 감추지 않았다. 나는 아내의 기분을 맞춰주기 위해 거짓말을 하고 싶지는 않았다. 그렇다고 어머니를 구하고 싶다는 마음은 아니었다. 어머니는 암 환자였다. 오랜 기간 암 투병을 해왔다. 노령의 나이라서 암이 퍼져나가는 속도가 더디다고 했다. 당시 아내는 그런 사정까지는 몰랐다.

지금은 어떤가. 덩어리가 원하는 답은 무엇인가. 저것이 원하는 답을 해야 할 것인가. 솔직한 답을 해야 할 것인가. 생각할 시간이 필요하다, 고 하려는데 물비린내가 났다. 거실에 물이 차올랐다. 차오른다는 표현은 틀렸다. 소용돌이처럼 거실 바닥이 깊어지며 호수가 되었다. 사슴 머리가 놓인 제단, 낡은 카펫, 거실 구석에 있던 진녹색 소파가 물속으로 빨려 들어갔다. 회반죽 덩어리 같았던 존재는 넓적한 보자기처럼 퍼져 천장에 들러붙었다. 저것을, 괴물이라고 부르는 수밖에 없겠다. 구두코가 젖어 색이 진해졌다. 양말이 젖어 발가락이 축축했다. 홀로그램 따위가 아니다. 이곳은 합리적사고가 허용되지 않는 공간.

나는 호숫가에 서있었다.

호수 한가운데 어머니와 아내가 있었다. 환상이라고 해도 가만있을 수는 없었다. 외투를 벗어 던지고 호수로 뛰어들었다. 헤엄쳐 가면 갈수록 두 사람과의 거리가 멀어졌다. 이등변삼각형처럼 어머니와 아내의 거리도 벌어졌다. 너는 단 한 사람만 구할 수 있다. 누구를 구하겠는가.

어머니, 죄송합니다.

나는 어머니를 보며 입 모양으로만 말했다. 어머니는 이해한다는 듯 고개를 끄덕이고는 눈을 감았다. 곧 어머니가 물속으로 사라졌다. 애도할 겨를도 없이 아내를 구하러 갔다. 8년을 함께 살며 사랑이라는 감정은 스러져갔다. 아이도 반려동물도 없었고, 공통의 취미도 없으므로 자연히 대화거리도 없었다. 주중에는 일이 없는 날에도 야근했다. 아내와 함께 저녁을 먹는 불편함을 감수하고 싶지 않았다. 주말에도 시간차를 두고 밥을 먹었다. 치우지 말고 그대로 둬. 나는 좀 이따 먹을게, 하는 식이었다. 어쩌다 함께 밥을 먹을 때면 텔레비전을 보았다. 식탁에서 핸드폰을 보는 건 금지였다. 우리, 최소한의 예의는 지키자. 아내는 그렇게 말했다. 하루는 텔레비전이 고장 났다. 화면은 나오는데 음성이 들리지 않았다. 젓가락이 그릇에 부딪히는 소리, 깍두기 씹는 소리, 국물이 목으로 넘어가는 소리… 아내와 나는 무성영화 같은 화면을 보며 밥 먹는 소음을 고스란히 들어야 했다.

아내는 수면 아래로 사라졌다 올라오기를 반복하고 있었다. 점차 아내와의 거리가 좁혀졌다. 물속에서 떠오른 아내와 눈이 마주쳤다. 그 순간 아내의 눈빛에 안도감과 승리감이 스쳐 갔다. 나는 멈칫했다. 창자에서부터 혐오감이 끓어올랐다. 승리감? 무엇에 대한 승리인가. 줄곧 마음에 고여있던 질문의 답이 마침내 자신이 원하던 답이라서? 이 일을 겪은 뒤 아내와 남은 생을 보낼 수 있을까? 아니, 승리감이라니 당치 않다. 내 망상일 것이다. 아내를 향해 다시 헤엄쳤다. 그러나 아내는 보이지 않았다. 숨을 크게 들이마시고 잠수했다. 물아래에도 없었다. 아내가, 사라졌다. 호수의 물이 젤리처럼 점성을 띤 액체로 변하며 나를 밀어냈다.

나는 처음의 거실로 돌아와 있었다. 사슴의 검은 눈이 나를 응시했다. 보자기 모양의 괴물은 꿈틀거리며 회반죽 덩어리로 돌아왔다.

"첫 번째 수수께끼의 답. 남자는 아무도 구하지 못했다. 처음부터 넌 누구도 구할 생각이 없었다."

괴물이 기포를 한껏 부풀리며 말했다. 그렇다. 나는 아무도 구하지 못했다. 누구도 구할 생각이 없었나? 선뜻 부인할 수 없었다.

"넌 그들을 두 번 다시 만나지 못할 것이다."

"뭐?"

"그들은 죽었다. 그것은 너의 선택이었다."

괴물이 말했다. 나는 어쩐지 알 수 있었다. 이곳을 벗어나 일상으로 돌아간다고 해도, 그곳에 아내와 어머니는 없을 것이다. 눈물은 나오지 않았다. 단지 슬개골이 빠져나간 듯 제대로 서있을 수가 없었다. 나는 거실 바닥에 무릎을 꿇었다. 고작 사유지를 지났을 뿐인데 가족을 잃었다.

"고작 사유지일까?"

괴물이 내 생각을 읽은 듯 물었다. 사소한 잘못이 반복되고, 그 잘못이 누적된다면 결국 큰 죄의 무게와 같아진다. 지난 6년의 세월을 정산하면 고작 사유지라고 할 수만은 없을 것이다. 그래도 이건 가혹하다. 사유지를 이용한 대가는 핑계일 뿐, 괴물의 권태로 인한 질 나쁜 장난이 아닌가.

"이건 수수께끼가 아니야. 넌 어떤 비유도 사용하지 않았어."

나는 괴물에게 항변했다. 더는 예의를 차릴 필요가 없었다.

"단어의 정의는 유동적이다. 네가 보는 내 모습처럼 말이다."

옅은 회색 덩어리였던 괴물의 기포에서 수많은 촉수가 뻗어 나왔다. 촉수 하나하나마다 문어 다리에 붙은 빨판처럼 눈알이 붙어있었다. 어딘가에서 막 뽑아

온 듯 시신경 다발이 늘어진, 피 흘리는 눈알이었다.

"너에게 결정권은 없다. 나는 수수께끼를 내고 너는 답한다. 그것이 이곳의 법칙이다."

촉수가 눈앞에서 한가롭게 일렁였다. 신체의 변형이 내포하는 뜻도 유동적인가? 이곳의 법칙을 따르지 않으면 내 눈알을 가져가겠다는 의미일 수도, 지레 겁먹은 나의 과잉 해석일 수도 있는가? 어느 것도 확신할 수 없으나, 한 가지는 확실하다. 이곳의 법칙은 괴물이 정한다.

"두 번째 수수께끼다. 팀장과 동료, 두 사람의 생사여탈권이 네게 있다. 너는 단 한 사람만 죽일 수 있다. 누구를 죽이겠는가."

괴물이 물었다. 거실이 호수로 변하는 것을 보지 않았다면 이 모든 건 허황된 사고실험에 지나지 않는다며 코웃음을 쳤을 것이다. 그러나 나는 이미 괴물의 능력을 보았으므로 두려움이 엄습했다. 그 두려움에 부응하듯 A 팀장과 J 대리가 의자에 묶인 채 거실 한

가운데 나타났다. 천장에서 떨어진 것도 바닥에서 솟아오른 것도 아니다. 한순간 없던 것이 다음 순간 마술처럼 그 자리에 존재했다. 정신을 잃은 듯 고개를 떨군 두 사람의 입에는 재갈이 물려있었고, 내 손에는 어느새 칼이 쥐어져 있었다. 영화에서 말고는 실제로 본 적 없는, 마체테라고 불리는 날이 넓고 긴 칼이었다.

"말도 안 돼."

나는 칼을 떨어뜨렸다.

"나, 난, 사람을 죽일 수 없어."

"너는 이미 저들을 여러 번 죽였다."

"그거야… 상상으로… 누구나 하는 일이잖아. 마음에 안 드는 상사, 동료… 죽이는 상상도 못 하면 회사원들은 어떻게 살라고?"

"변명은 필요 없다."

"변명이 아니야. 난 못 죽인다고!"

"두 번째 수수께끼를 포기하겠는가?"

"포기하면? 어떻게 되는데?"

"대답하지 않겠다."

사방으로 뻗어 나와 흐느적거리던 촉수를 움츠리자, 괴물은 수백 개의 눈이 달린 항아리처럼 보였다. 그 눈들에 감정은 깃들어있지 않았다. 누구도 죽이지 않겠다고 하면 내가 죽을 수도 있다. 생에 대한 집착 따위는 없지만, 아직은 죽고 싶지 않았다. 적어도 이런 식으로는 아니다.

재갈에 막힌 신음이 들렸다. A 팀장이 깨어났다. 영문을 몰라 흔들리던 눈동자가 나를 알아보고는 희번덕였다.

"브-으-으-우-으-으-읍!"

그가 단절된 신음을 내뱉었다. 신음만으로도 김 과장, 너 이 새끼!, 라고 외친다는 걸 알 수 있었다. 그가 내게 경멸하는 눈빛을 보냈다. 나보다 훨씬 불리한 위치에 있는데도.

평소에도 그는 나를 경멸함으로써 자신의 우위를 증명하곤 했다. 업무적인 면이 아닌, 돈으로 나를 무시했다. 이번에 우리 집 인테리어를 새로 했는데 지인을 통해 싸게 했어. 6천만 원 견적이 나왔는데 4천5

백만 원에 해줬다니까. 어때? 김 과장도 관심 있으면 소개해 주고. 아, 김 과장 집은 전세던가? 벌써 퇴근하게? 김 과장 오늘 결혼기념일이라고? 내가 엊그제 와이프랑 간 식당이 있는데 먹을만하더라고. 한우 오마카세집인데 1인분에 38만 원… 아, 김 과장이 가기에는 부담스러우려나? 이렇게 유치한 방식으로 돈 자랑을 했다. 문제는 내가 그런 말들에 기분이 상한다는 거였다. 돈밖에 내세울 게 없는 인간인가 보다, 라며 무시하려 했지만 묘하게 열등감이 자극되었다. 가난하지도 않았지만 넉넉하지도 않았던 집안에서 아껴라, 아껴야 잘 산다는 말을 들으며 살았다. 유행하는 옷이나 장난감처럼, 실용적이지 않은 무엇을 갖고 싶다고 조르면 어머니는 우리 형편에 그런 건 안 된다고 했다. 아래를 보고 살아라. 아래를 보고 살아야 한다. 어머니는 입버릇처럼 말했다. 나는 위를 보고 싶었다. 높은 곳에 도달하고 싶었으나 여전히 가난과 풍요 사이에 낀 채로 살아간다.

그런 나를 자극하는 A 팀장을 죽이는 상상은 수

도 없이 했다. 하지만 단연코 J 대리를 죽이는 상상은 하지 않았다. 다만 J 대리가 죽었으면 좋겠다고 생각했다. 그는 지방대학에서 법학박사 과정을 수료하고 전무의 동창인 지도교수의 추천으로 왔다. 소위 말하는 낙하산이었지만 낙하산치고는 성실했다. 문제는 그 성실함에 효용성이 없다는 점이었다. 법무 담당으로 왔으나 회사의 특성상 법무 관련 일은 많지 않았고, 주로 내 부사수로 일했다. 그가 작성한 문서는 쓰레기였다. 처음부터 내가 하는 게 나을 텐데 그를 거쳐 오니 내가 작성할 시간만 줄었다. 그래도 살의를 품을 정도는 아니었다. 다만 J 대리가 지각이라도 하는 날이면 지하철역 계단에서 발을 헛디뎌 목이 부러진다거나, 건널목의 신호가 바뀌자마자 건너다 대형 트럭에 치인다거나, 건물에서 떨어진 입간판에 정통으로 정수리를 맞아 쓰러지는 장면을 상상했다. 반면 A 팀장은 적극적으로 죽였다. 어떻게 하면 더 잔인하게 죽일지 고민했다. 온몸의 피부를 벗겨내 잘 드는 볕에 내놓아 말려 죽이는 상상이 가장 마음에 들었다.

역시 A 팀장을 죽이는 편이 낫겠다. 나는 바닥에 떨어뜨린 칼을 주워 A 팀장에게 다가갔다. A 팀장이 몸부림치는 바람에 의자가 뒤로 넘어갔다. 뒤통수가 바닥에 부딪히고, 재갈 사이로 절박한 비명이 새어 나왔다. 부릅뜬 눈알은 금방이라도 튀어나와 괴물의 촉수 끝에 들러붙을 것 같았다.

내가 이 남자를 죽일 수 있을까?

괴물은 이곳에서의 죽음이 실제 죽음을 의미한다고 했다. 확인하지는 않았으나 거짓말이라는 생각은 들지 않았다. 그렇다면 현실적인 차원에서 접근해야 하지 않을까?

"이곳에서 A 팀장을 죽인다면 시신은 어떻게 되지?"

나는 괴물에게 물었다.

"대답하지 않겠다."

예상한 대답이 돌아왔다. 만약 저들이 이곳에 나타났을 때처럼 원래 있던 장소로 돌아간다고 가정한다면 목과 머리가 분리된 시체가 A 팀장의 거실 한가운데 나타날지도 모른다. A 팀장의 가족은 수사를 의뢰하겠지. 대충 넘어가지는 않을 것이다. A 팀장은 변호사 집안에서 변호사가 되지 않은 유일한 아들이다.

J 대리를 죽이는 게 나은 선택일 수 있겠다. 지방 소도시에서 올라온 J 대리는 원룸에서 혼자 자취하고 있다. 의붓아버지와는 절연했고, 여자 친구도 없다고 했다. A 팀장보다 발견이 늦을 것이다. 비현실적인 공간에서 현실적인 고민을 한다는 게 우스웠지만 실제로 웃음이 나온다는 감각은 아니었다. 기억도 문제다. 만약 이곳에서의 기억이 지속된다면 A 팀장은 내가 J 대리를 죽였다고 떠들 것이다. 하지만 증거가 없다. A 팀장이 차원 이동을 해 이곳에 왔다는 걸 믿어줄 사람도 없을 테고. 그러니 A 팀장을 죽여도 괜찮다. 정말 그럴까? 역시 J 대리를 죽이는 편이 낫지 않을까? 어느 쪽이든 후회하지 않을 확신이 없었다. 나는 늘 그랬다. 불안감에 결정을 번복했다. 아메리카노요. 아니, 아이스아메리카노요. 아니, 그냥 뜨거운 걸로 할게요. 죄송합니다. 소스요? 오리엔탈로 아니, 렌치소스로 할게

요. 아니다. 그냥 허니머스타드 주세요. 사소한 일을 결정할 때도 이런 식이었다. 정작 중요한 일은 번복할 기회조차 주어지지 않았다. 전세 계약이나 이직 등 돌이킬 수 없는 결정을 하고 나면 습관처럼 후회했다. 간혹 후회하지 않는 상황이 오면 오히려 당황하며 후회할 지점이 없는지 샅샅이 찾았다. 마치 후회하기 위해 사는 게 아닐까, 의구심이 들 정도로.

A 팀장이다. 더는 번복하지 않는다.

칼을 쥔 손아귀에 힘을 주었다. 온몸의 땀구멍이 열리고 축축한 땀이 배어 나왔다. 마른침 삼키는 소리가 유난히 크게 울렸다. 상상대로. 상상한 대로. 나는 마체테를 허공으로 치켜들었다. 수직으로 세워진 칼날을 A 팀장의 목을 겨냥해 내리쳤다. 언젠가 민속촌에서 절굿공이로 떡을 내리치던 힘과 비슷했다. 절굿공이는 끈적이는 찹쌀 반죽 위에 떨어졌지만 칼은 A 팀장의 목 위로 떨어졌다. 예리하고 강한 칼날의 위력일까. 뼈가 걸리는 느낌도 없이 A 팀장의 목이 떨어져 나갔다. 잘 드는 칼로 당근을 자를 때의 저항감 정도였다. 몸과 분리된 머리를 보고 있자니 기이한 고양감이 들었다. 가쁜 숨을 몰아쉬는데 꽉 막힌 비명이 청각을 괴롭혔다. J 대리였다. 이런, 너는 깨어나지 않았어도 좋았을 텐데.

"걱정하지 마. 넌 안 죽여."

J 대리가 마구 고개를 저었다. 평소에도 핏기 없던 J 대리의 얼굴은 시체처럼 푸른빛이 돌았다. 그 역시 A 팀장처럼 몸부림치다 의자째 뒤로 넘어갔다. 하얀 탁구공에 까만 점이 찍힌 듯 부릅뜬 눈에는 나를 향한 두려움이 가득했다.

"나도 어쩔 수 없었어. 저기 괴물 보이지?"

나는 J 대리에게 다가가 의자를 일으키고 재갈을 풀어주었다.

"살인자! 미친놈!"

J 대리가 내뱉은 말은 실망스러웠다. 그는 나를 살인자로 규정하고, A 팀장을 피해자, 자신을 목격자의 위치에 두었다. 내가 자기를 살려준 은혜는 생각하지 못하고, 나를 궁지에 몰아넣을 수 있는 인물이 된

것이다. 증거가 없다고 해도 일관된 진술은 내게 불리하게 작용할 수 있다. 적어도 귀찮아지게 되겠지. 결심했다. J 대리도 죽이자. 이미 한 사람을 죽였다. 금기를 어기는 일은 처음에만 어렵다. 굳건한 장벽에서 모래 한 알이 떨어져 내리는 순간, 허물어질 운명을 부여받은 바닷가의 성처럼.

나는 A 팀장의 피가 묻은 마체테로 J 대리의 목을 쳤다.

두 사람을 죽였다. 아니, 네 사람인가? 감정의 동요는 없었다. 이곳의 사악한 기운 탓인지 내 안에 내재한 악 때문인지 알 수 없다. 괴물이 말했다 .

"두 번째 수수께끼의 답. 남자는 둘 다 죽였다. 단 한 사람만 죽일 수 있다는 전제를 어겼다."

"그래서, 문제 있나?"

"없다. 내 가치판단은 무의미하다."

가치판단을 하지 않는 절대자. 어떤 의미로 괴물에 대한 존경심이 생겼다. 인간들은 조그만 권력을 가져도 가치판단을 한다. 권력을 가지지 못한 자는 그들에게 자신의 쓸모를 증명해야 한다. 그들에 비하면 괴물은 내 목숨을 좌지우지할 수 있음에도 담백하다.

"세 번째 수수께끼는 무엇인가?"

어느새 나는 괴물의 말투를 따라 하고 있었다.

"기다려라."

"뭐?"

"내가 세 번째 수수께끼를 낼 때까지."

"기다리라고?"

"401호로 가라. 그곳에서 기다려라."

이 층에는 403호와 404호밖에 없었지만 나는 되묻지 않았다. 어차피 괴물은 대답하지 않을 것이다. 401호를 찾아야 한다. 그것이 도리어 수수께끼처럼 느껴졌다. 방을 나오는데 폭, 폭, 기포 터지는 소리가 들렸다. 뒤돌아보니 괴물은 다시 회반죽 덩어리로 변해 있었다.

404호를 나왔다. 옆에는 당연하다는 듯 403호가 있었다. 다른 공간으로 이어진 복도도, 외부로 나가는 비상용 계단도 없다. 다만 내가 올라온 계단이 옥상으로 이어져 있었다. 나는 계단을 올라갔다. 이리로 오라는 듯 옥상으로 가는 문이 한 뼘 열려있었기 때문이다. 이곳은 너무 친절한 게임 속 세계 같았다.

옥상에는, 아무것도 없었다. 말라 죽은 화분과 녹슨 빨래건조대가 고대 유물처럼 버려져 있을 뿐이었다. 실망스러웠다. 열린 문밖에는 401호가 있을 줄 알았다. 이곳은 논리가 통하지 않는, 괴물의 자의로 운용되는 세상이므로.

차디찬 바람을 맞으며 서서 건너편 옥상을 바라봤다. 불이 켜진 옥탑방과 에어컨 실외기. 이곳, 괴물의 사유지를 제외한 바깥은 그대로였다. 구해달라고 소리를 지른다면 여기서 나갈 수 있지 않을까? 나의 외침을 들은 누군가 119에 신고하고, 구조대가 와서 안전 매트 위로 뛰어내리라고 외치고, 무사히 이곳을 나간다….

그런 일은 일어나지 않을 것이다. 나는 살인자다.

이곳을 벗어난다고 해도 내가 살인자라는 사실은 벗어버릴 수 없다. 현실의 공간에서 그 사실이 나를 어떻게 파멸시킬지 예측할 수도 없다.

다시 4층으로 내려왔다. 현관문의 숫자를 본다. 403호, 404호. 역시 401호는 없었다. 한층 더 내려갔다. 301호, 302호. 극심한 피로가 밀려왔다. 현기증이 난다. 지금은 아무것도 생각할 수 없다. 문이 열리면 어디든 들어가야겠다. 나는 301호의 문을 열었다. 닫혀있었다. 302호도 마찬가지였다. 계단 손잡이를 잡고 노인처럼 천천히 2층으로 내려갔다. 201호의 문도 열리지 않았다. 이제 마지막이다. 202호의 손잡이를 돌리자 저항감 없이 문이 열렸다. 나는 안으로 들어갔다. 그곳은, 지옥도 타락한 매음굴도 아니었다. 피 흘리는 짐승의 머리도, 제단도 없었다. 오래된 지하실처럼 습하고 쿰쿰한 곰팡내가 났지만 평범한 다가구 주택이었다. 벽에 박힌 못에는 고무줄 바지가 걸려있고, 자그마한 서랍장 위에는 할머니와 할아버지가 젊은 시절에 찍은 빛바랜 사진이 놓여있었다. 할머니는 장난스러워 보이는 미소를 짓고, 할아버지는 사진에 익숙하지 않은 사람들이 으레 그렇듯 굳은 얼굴을 하고 있었다. 이 사진의 주인공이 언젠가 목욕 가방을 들고 계단을 오르던 할머니일까? 그렇다면 할머니는 어디로 간 걸까?

천천히 방을 둘러봤다. 자그마한 방 두 개, 욕실 하나, 낡은 가재도구들… 자개장에 양은 밥상이라니, 동시대인의 집이라고는 도저히 믿어지지 않았다. 욕실로 들어가 소변을 봤다. 이런 상황에서도 인간의 생리현상은 멈추지 않는다. 우습고 하찮다. 무조건반사처럼 손을 씻었다. 욕실의 비누는 말라비틀어져 물을 묻혀도 거품이 나지 않았다. 수건은 없었다. 양복바지에 젖은 손을 문지르고 방으로 들어갔다. 방에는 꼬질꼬질한 요와 이불이 깔려있었다. 베개는 없었다. 문짝이 틀어진 자개장을 열면 있을지도 모르나 굳이 타인의 옷장을 열고 싶지는 않았다. 나는 이불 속으로 파고들었다. 때 묻은 이불자락을 턱까지 끌어올렸다. 납작한 요가 방바닥의 냉기를 조금은 막아주었다. 고작 몇 시간이 지났을 뿐인데 영겁의 세월이 흐르고 자리에 누운 기분이었다. 눈을 감았다. 눈물이 관자놀이를 타고 내려가 두피를 간질였다. 어떤 안도감이 기관지를 지나 뱃속에 스며들었다.

두 번째 수수께끼에서 나는 괴물의 지시를 따르지 않았다. 단 한 사람만 죽일 수 있다고 했으나 둘 다 죽였다. 그에 대해 괴물은 문제를 제기하지 않았다. 지금도 마찬가지다. 나는 401호를 찾지 못했다. 더 찾고 싶은 의지도, 기력도 없다. 괴물의 지시를 어기고 202호에서 쉬고 있다. 그러나 괴물은 가치판단을 하지 않을 것이다. 권태로운 괴물이다. 놀잇감을 쉽게 놓아줄 이유가 없다.

얼룩진 천장을 보며 세 번째 수수께끼가 무엇일지 생각해 봤다. 의미 없는 일이었다. 일개 인간인 내가 괴물의 의중을 파악할 수는 없다. 자연스레 생각이 첫 번째 수수께끼로 흘러갔다. 나는 아내도, 어머니도, 구하지 않았다.

월요일부터 금요일, 자발적인 야근이라고 피곤하지 않은 것은 아니었다. 야근하고 돌아오면 그대로 소파에 쓰러져 자고 싶었다. 그러나 아내 옆에 자는 한 샤워하고 머리를 말리고 잠옷을 입고 자야 했다. 우리도 각방 쓰자. 요즘 수면 이혼이라는 말도 있던데, 수면의 질이 오히려 좋아진다더라. 속없는 척 웃으며 말해도 먹히지 않았다. 아내는 각방만은 안 된다고 했다. 코 고는 소리 시끄럽잖아. 괜찮아. 익숙해졌어. 아내의 고집으로 나는 자는 시간에도 온전히 쉬지 못했다. 주말에도 편히 쉰 적은 없다. 늘 무언가를 해야 했다. 어머니가 입원해 있는 요양병원에 가거나, 아내와 마트에 장을 보러 가거나, 회사에서 단체로 등산을 가거나….

내 시간은 항상 오염되어 있었다. 쉬고 싶었다. 아무것도 하지 않아도 죄책감이나 불안감을 느끼고 싶지 않았다. 개미를 죽이던 어린 시절처럼 한가롭고 무료한 시간을 원했다. 나는 권태로워지고 싶었다. 괴물처럼. 너무 지루한 나머지 뼈와 근육이 녹아 회색 덩어리가 되어버린다 해도.

어쩌면 괴물은, 내가 불러온 존재인지도 모른다.

어쩌면 괴물은, 심판자가 아니라 소원을 들어주는 정령인지도 모른다. 세 가지 수수께끼는 세 가지 소원인지도….

머릿속의 뇌세포가 뭉그러지듯 생각이 흐려져 의미를 잃어갔다. 잠이 온다. 잠은 언제나 내 도피처였다. 비록 악몽이라 할지라도 그것이 현실보다는 달콤했다.

꿈에서 나는 사유지를 피해 한 블록 크게 돌아 집에 갔다. 엘리베이터를 타고 5층으로 갔다. 도어록 비밀번호를 누르며 침실에 있던 아내가 뛰어나오는 소리에 귀를 기울였다. 재택근무를 하는 아내는 내가 돌아오면 항상 반갑게 맞아주었다. 나는 그 행위에서 별다른 감흥을 느끼지 못했다. 그저 아내의 장단에 맞추어 반가운 척 연기할 뿐이었다. 아마 그것도 서로에 대한 최소한의 예의였을 것이다. 시시한 꿈이다. 나는 꿈을 꾸지 않기로 했다. 꿈이 사라지기 시작했다. 가장자리부터 타들어 가는 종이처럼 서서히 검어지는 영상.

눈을 떴다. 아주 오랜 잠에서 깨어난 듯 길게 기지개를 켰다. 이불을 걷고 일어나 이부자리를 정돈했다. 언젠가 이 집의 주인이 돌아왔을 때 누군가 침입했었다는 불안감을 느끼지 않도록.

나는 202호를 나왔다. 변함없이 옆에는 201호가 있었다. 1층으로 내려갔다. 셔터는 여전히 닫힌 채였다. 지나가는 사람은 없었고 쓰레기차의 소음만이 멀리서 들렸다. 다시 2층을 지나 3층으로 올라갔다. 301호와 302호. 그리고 4층으로 올라가 403호와 404호를 확인했다. 맞는 답을 한 번 더 검토하는 심정이었다. 옥상도 다시 올라가 봤다. 결론. 이곳에 401호는 없다.

괴물은 내게 세 번째 수수께끼를 낼 때까지 기다리라고 했다. 401호에서 기다리는 일은 불가능하다. 그러므로 그것은 결코 성립할 수 없는 명제다.

만약 이것이 괴물의 세 번째 수수께끼라면?

나는 404호로 들어갔다. 오래된 장식장, 암막 커튼, 사슴의 머리, 바닥의 시체 두 구… 404호는 그대로였다. 다만 괴물의 모습은 잿빛 덩어리가 아니라 촉수가 달린 쪽으로 바뀌어있었다.

사슴이 검은 눈으로 나를 바라봤다. 나도 사슴의 눈을, 이마 위에 뻗은 뿔을 보았다. 단단한 나뭇가지처럼 돋아난 사슴의 뿔은 아름다웠다. 앞으로 쭉 뻗어나온 뾰족하고 날카로운 가지. 초식동물이 자신을 지키기 위한 최후의 수단.

"세 번째 수수께끼는 무엇인가?"

굳이 물을 필요는 없지만 마지막으로 묻고 싶었다. 괴물은 아무 말도 하지 않았다. 느리게 촉수를 움직이며 촉수에 붙은 수많은 눈으로 나를 관찰했다.

"세 번째 수수께끼를, 말해라."

"너는 이미 답을 알고 있다."

괴물이 말했다.

"실존하지 않는 장소에 머무를 수 있는 존재는

실체가 없다."

나는 눈꺼풀 없는 괴물의 눈을 노려보며 말했다. 401호라는 가상의 공간에 존재하려면 나는 존재하지 않아야 하는 것이다.

시뻘건 눈알들이 촉수에서 후두둑 떨어졌다. 떨어져 나와 바닥을 기었다. 두렵지 않다. 나의 답은 완전무결하니까. 의심과 의혹, 후회의 예감은 없다.

그러므로, 존재하지 않기 위해,

사슴의 뿔을 향해 달려들었다.

…

나는 사유지를 부유한다.

저기, 당신이 온다. ■

작가의 말

이번 단편집은 어린이책으로 인연을 맺게 된 L 편집장과 의기투합하여 만들게 되었다.

처음에는 앤솔러지에 실었던 단편과 내가 좋아서 목적 없이 쓴 글들을 모았다. 각각 봤을 때는 재미있던 글이 한 권으로 묶고 보니 조금 맥락이 없어 보여 몇 편을 빼고 신작을 써넣는 작업을 하며 시간을 보냈다. 그랬더니 소재와 서술 방식은 다르지만 어느 정도 분위기가 비슷한 작품들로 구성되었다. 그게 지난해 초겨울이었다. 작업이 일단락된 걸 축하하는 의미로 L 편집장과 만나 메밀국수를 먹었다. 지하철역에서 메밀국숫집으로 가는 길, 노을이 아름다워 사진을 찍은 기억이 있다.

그사이 해가 바뀌고 연초에 신간이 나오면서 몇 달의 시간이 훌쩍 흘러갔다. 쌀쌀한 날들이 계속되던 3월, L 편집장과 나는 본격적인 출간을 앞두고 제목을 고민했다. 처음에는 내 기존 출간작들처럼 수록 작품 중 하나를 표제작으로 하려 했으나 어딘지 모르게 밋밋한 느낌이 들고 성에 차지 않았다. 그러다가 L 편집장이 제목에 양재천이 들어가면 좋겠다는 아이디어를 주었다. 공교롭게도 작품의 배경이 양재천이거나 양재천에 대한 언급이 있었기 때문이다. 사실 이것을 공교롭다고 하는 건 그다지 적합한 표현이 아니다. 내 작품에는 유독 양재천이 배경이 되는 경우가 많다. 특별한 이유가 있다기보다 내가 그곳에서 멀지 않은 곳에 살고 있어 익숙한 공간을 배경으로 하는 것이다.

물론 호러소설이 대부분이므로 그다지 아름답게 그려지지는 않는다. 언젠가 다른 단편집 작가의 말에서 말했듯, 나는 행복한 경험에 공포를 덧씌워 비틀어버리는 작업을 즐기므로 실제 장소와 소설에서 일어나는 사건과는 전혀 관련이 없다.

…라고 이야기하고 싶었다.

이렇게 애매하게 말하는 이유는 요즘 들어 그들 혹은 그것과 실제로 만나는 것 같은 기분이 들기 때문이다.

며칠 전에는 마트에 갔다가 할인하는 물건들을 많이 사버려서 버스를 타고 돌아오려는데 정류장에 추레한 차림의 여자가 쪼그리고 앉아있었다. 여자는 손을 오므리고 손등을 핥으며 무언가를 중얼거렸다. 약간의 호기심이 발동한 나는 무슨 말을 하는지 듣고 싶었다. 버스노선을 확인하는 척 뒷걸음질로 다가가 귀를 기울여 보니 왜애웅, 왜애웅, 고양이 울음소리를 내고 있었다.

마치 「살」의 주인공처럼.

내가 쓴 소설 속 주인공들은 기이한 일이 생겨도 무던하게 반응하지만 나는 재빨리 그곳을 벗어났다.

이상한 일은 또 있었다.

어제는 산책을 하다가 갑자기 배가 고파 오랜만에 양재천 카페거리에 있는 만둣집에 갔다. 예전에는 자주 갔지만 그곳을 모티브 삼아 「품은만두」를 쓴 뒤에는 어쩐지 내키지 않아 좀처럼 가지 않던 곳이다. 어중간한 시간이라 그런지 나 말고 손님은 없었다. 나는 육즙이 들어있는 만두인 샤오룽바오를 주문했다. 모양은 평범한 고기만두처럼 생겼지만 깨무는 순간 뜨거운 육즙이 쏟아지므로 숟가락으로 받치고 요령껏 먹어야 한다. 여섯 개의 샤오룽바오 중 세 개째를 먹는데 만두소 안에 딱딱한 뭔가가 있었다. 접시 위에 뱉고 보니 이니셜이 새겨진 커프스였다. 입맛이 뚝 떨어지고 비위가 상했다. 항의하려 주변을 둘러보는데 나랑 눈이 마주친 점원이 빛의 속도로 달려와 내 앞에 있는 접시와 남은 만두를 걷어 갔다. 어어어, 하는 사이 따질 틈도 없이 증거가 사라진 것이다.

"왜 이래요? 샤오룽바오에서 커프스가 나왔다고요!"

목소리를 높이자 어느 결에 지배인이 와서 허리를 굽혔다.

"죄송합니다, 손님. 죄송합니다. 돈은 당연히 받지 않고 사과하는 의미로 수정방을 드리겠습니다."

나는 술을 잘 마시지 못하지만 수정방이 비싼 술이라는 것쯤은 안다. 게다가 화를 낸다고 이미 일어난 일이 없던 게 되지는 않으니까 참는 걸로. 졸지에 술병을 들고 나와버렸지만, 「품은만두」 속 등장인물이 된 것 같아 꺼림칙했다.

그러고 보니 만두를 먹기 전날인 그제도 기이한 일이 있었다.

우체국에 볼일을 보러 갔다가 오는 길. 오랜만에

날씨가 풀려 무거운 겉옷을 벗었더니 공연히 기분이 좋았다. 평소에 가지 않던 골목길로 돌아가는데 모퉁이에 점포 정리라고 쓰인 옷 가게가 있었다. 목 없는 마네킹이 무스탕을 입고 있는 걸 보아하니 1년 내내 점포 정리인 것 같았지만 심심하던 차에 구경이나 할 겸 안으로 들어갔다. 조금 너저분한 옷 가게라도 운이 좋으면 괜찮은 옷을 싸게 건질 수 있는 법.

안으로 들어가니 기다란 행거에 옷들이 촘촘히 걸려있고, 매대에는 옷이 그야말로 산더미처럼 쌓여 있었다. 계세요. 주인을 불러봐도 대답은 없었다. 그런데 안쪽 벽에 나란히 서있는 마네킹들을 본 순간 주춤했다. 그것들은 쇼윈도에 있는 목 없는 마네킹과 달리 머리가 있었다. 아니, 마네킹이 아니라 밀랍 인형 같았다. 게다가 하나같이 어디서 본 듯한 얼굴…. 그중 하나가 내가 자주 가던, 얼마 전 폐업한 카페의 사장님이라는 걸 기억해 냈을 때 비명이 터져 나오려는 입을 막고 황급히 그곳을 벗어났다. 「고강선사유적박물관」에 있던 밀랍 인형들처럼 나도 밀랍 인형으로 변해

버리는 건 아니겠지. 혹시나 발밑에 살구색 웅덩이가 있을까 바닥을 보고 걸었다. 여전히 온화한 날씨였지만 몸이 벌벌 떨렸다. 남편에게 전화하려다 그만뒀다. 내가 평소처럼 엉뚱한 상상을 얘기하는 줄 알고 건성건성 대답할 게 뻔했다. 하긴 이성적으로 생각해 보면 말이 안 된다. 그냥 낡은 마네킹을 잘못 본 거라며, 안과에 검진받으러 가봐야겠다며, 애써 나 자신을 납득시켰다.

　개운치 않은 기분으로 집에 들어와 보니 집 안이 향기로 가득했다. 어디서 많이 맡아본 냄새인데? 이게 무슨 냄새더라? 몇 초 지나지 않아 얼그레이 향이라는 걸 알았다. 우리 집에 티는 페퍼민트밖에 없고 그마저도 우려내는 게 귀찮아서 마시지 않은 지 오래다. 얼그레이라니, 나는 얼그레이를 좋아하지 않는다. 싫어하는 편이다. 그래서 「시어머니와의 티타임」에 얼그레이를 소재로 썼다. 그나저나 이 향기가 어디에서 올라오나? 욕실도, 주방도 아니었다. 창을 열어도 어딘가에서 저녁으로 먹으려는지 김치찌개 냄새만 풍겨

왔다. 얼그레이 향을 지우려 집 안 곳곳에 유칼립투스 오일을 뿌렸다. 기분 탓일 거야. 기분 탓.

    오늘은 이상하게 나른해 본격적으로 글을 쓰기 전에 집 앞 편의점에 내려갔다. 편의점에서 파는 신제품 커피를 시음하는 건 내 작은 즐거움 중 하나다. 오늘은 새로 나온 커피가 있으려나. 약간의 기대를 품고 냉장고를 훑어봤다. 세상에, 그 안에 '기억의 커피'가 있었다. 잘못 본 게 아니었다. 내가 묘사한 걸 그대로 그려놓은 것처럼 조악한 로고, 여자의 정수리에는 횃불이 타오르고, 횃불 양옆으로는 날개가 달려있다. 흥분하지 말자. 나는 길게 심호흡했다. 나에게 이렇게 번거로운 서프라이즈를 할 사람은 없다. 아니, 이게 몰래카메라 같은 거라고 생각한다면 자의식과잉이다. 그래도 무슨 일인지 알아보고도 싶고 누군가에게 말할 증거가 되겠다 싶어 기억의 커피를 꺼내 계산대로 갔다. 조금 전까지 알바생이 있었던 것 같은데 아무도 없었다. 계세요? 닫힌 휴게실 문을 향해 소리쳤다. 편의점 안은 기분 나쁠 정도로 고요했다. 놓고 나올 현금도 없었다. 그래, 사진을 찍어 L 편집장에게 보내자. 나는 몇 장의 사진을 찍은 다음 커피를 냉장고에 도로 넣어두고 나왔다. 그리고 L 편집장에게 사진을 보냈다. 여기 기억의 커피가 있어요, 라는 메시지와 함께. 잠시 후 답이 왔다.

- 작가님, 무슨 말씀이세요?
- 집 앞 편의점에 제 소설에 나오는 기억의 커피가 있다고요.
- 네? 평범한 캔 커피잖아요. 아, 장난치시는 거예요? 그러지 마세요. 저 겁 많아요.

소설 속에 등장하는 남자 친구의 반응과 같다. 이쯤 되니 무섭다기보다 오기가 생겼다. 나는 집으로 들어가는 대신 양재시민의숲역으로 향했다. 내게 일어난 일들이 내가 쓴 『양재천 기담』과 관련 있다면 어디 자판기도 확인해 보자, 하는 심정이었다. 거기엔 자판기가 없고, 하루아침에 자판기가 생길 리도 없었다. 아깝지만 요금까지 내고 승강장으로 내려갔다. 오 마이 갓. 승강장 엘리베이터 옆에 「자판기와 철용 씨」의 주인공인 녹색 자판기가 떡하니 버티고 있었다. 옆면에 붙은 운영자 이름은 권철용. 어디 나랑 해보겠다 이거지. 갈 데까지 가보자. 나는 철용 씨에게 전화를 걸었다. 이 번호는 없는 국번이오니…. 그럼 그렇지. 나는 코웃음을 쳤다. 아무리 질 나쁜 장난이라고 해도 여기까지다. 게다가 다음 수록작은 「내가 죽기 전날」. 다른 건 그럴듯하게 꾸민다고 해도 시간여행만큼은 불가능할 테니까. 뭐, 시간여행 티켓이 뚝 떨어져서 내가 죽기 전날로 가보는 것도 나쁘지 않지. 어디 자판기에서 시간여행 티켓이 나오려나? 나는 좀 심술이 나서 불한당처럼 자판기를 발로 툭 찼다. 그러자 자판기가 기계음을 내며 선택 판의 숫자들이 번쩍거렸다. 몇 초간의 점멸과 기계음이 멈추고 배출구에서 나온 건, 시간여행 티켓이었다. 새건 아니고 누군가 사용한 듯 한쪽 면이 뜯겨나가 있었다. 하하, 티켓을 주워 들고 헛웃음을 웃으며 집으로 돌아오는데 섬찟한 느낌에 발을 멈췄다.

    나는 사유지에 있었다. 내가 「사유지」의 배경으로

썼던 바로 그곳. 당황할 시간은 없다. 셔터는 열려있다. 전속력으로 달려 사유지를 통과하려는데 셔터가 내려왔다. 순식간에 일어난 일이었다.

그렇게 나는, 사유지에 갇혔다.

부디 이 책을 읽은 여러분이 나를 사유지에서 꺼내주길 간절히 바란다.

괴물이 내게 수수께끼를 내기 전에.

2025년 여름,

남유하

수록 작품 발표 지면

살 - 2022년 밀리의 서재 오리지널 단편집 『살』
품은만두 - 2022년 밀리의 서재 오리지널 단편집 『살』
시어머니와의 티타임 - 『우리가 다른 귀신을 불러오나니』(한겨레출판, 2022)
자판기와 철용 씨 - 『출근은 했는데, 퇴근을 안 했대』(황금가지, 2020)
내가 죽기 전날 - 『어션 테일즈 No.2 - Time Travel with You』(아작, 2022)

양 재 천 기 담

초판 1쇄 발행 2025년 8월 12일
지은이 남유하
펴낸이 리얼드림
기획편집 리얼드림·고양순
디자인·일러스트 Edit&Bake 조가을
전화 070-8737-3242
전자우편 sojoonghanbooks@naver.com
인스타그램 @sojoonghanbooks
팩스 070-7966-3245
펴낸곳 소중한 책
출판 등록 제385-2024-000031호(2024년 5월 10일)

ISBN 979-11-993262-0-0(03810)

ⓒ남유하 2025

값은 뒤표지에 있습니다.
책 내용의 일부 또는 전부를 인용하거나 발췌하려면
반드시 저작권자와 출판사 양측의 서면 동의를 구해야 합니다.